普希金：“一切都是瞬息，一切都将过去，

而那过去了的，都将成为亲切的怀恋。”

# Love and Meditation of an Overseas Student in USA

# 一个旅美学子的爱与思

黄逸心 著

YI XIN HUANG

**图书在版编目(CIP)数据**

一个旅美学子的爱与思 / 黄逸心著. —杭州：浙江工商大学出版社，2014.11

ISBN 978-7-5178-0735-3

Ⅰ. ①一… Ⅱ. ①黄… Ⅲ. ①随笔—作品集—中国—当代 Ⅳ. ①I267.1

中国版本图书馆 CIP 数据核字(2014)第 266091 号

**一个旅美学子的爱与思**

黄逸心 著

**责任编辑** 唐妙琴 蒋红群
**封面设计** 王妤驰
**责任印制** 包建辉
**出版发行** 浙江工商大学出版社
(杭州市教工路 198 号 邮政编码 310012)
(E-mail：zjgsupress@163. com)
(网址：http://www. zjgsupress. com)
电话：0571－88904980，88831806(传真)
**排　　版** 杭州朝曦图文设计有限公司
**印　　刷** 杭州恒力通印务有限公司
**开　　本** 880mm×1230mm 1/32
**印　　张** 7
**字　　数** 102 千
**版 印 次** 2014 年 11 月第 1 版 2014 年 11 月第 1 次印刷
**书　　号** ISBN 978-7-5178-0735-3
**定　　价** 25.00 元



浙江工商大学出版社营销部邮购电话 0571－88904970

# 序　言

翻开《爱与思》，亲爱的读者，你的眼前就会浮现出一位流光溢彩的当代青年，他沉着而智慧，刚毅又谦卑。一篇篇语意深邃、文字犀利的随笔，会赋予你广阔的视野，激发我们奋力为这个星球的锦绣前程而献劳。

本书作者黄逸心 1996 年出生在义乌市。义乌市古称乌伤县，是“鹅、鹅、鹅，曲项向天歌……”的作者骆宾王的家乡，位于浙江省中部丘陵地带，土地相对贫瘠，世代农民无多少土地可耕种。

作者出身书香门第，长辈中有多位大学化学教授、航空高级工程师、地理科学高级工程师、生命科学教授、医学博士、主任医师。

2001 年 5 岁的作者随母亲移居风景秀丽的山城重庆。2005 年，黄逸心在北碚朝阳小学学习时，获得英语演讲比赛一等奖。2008年，作者在“激情奥运，阳光征文”比赛中获得一等奖。2011—2012年度，作者获得三好学生荣誉称号，2012年荣获重庆市高中化学竞赛二等奖。

作者为增加对国情的了解，夯实对基层民众的认识，常常带着本子和相机，走街串巷，探老问贫。2009年作者乘车数千里，奔向北京和遥远的东北大平原沈阳等地考察；2010年暑假更是赴新疆维吾尔族自治区进行社会调查。作者汇集亲自获得的民众生活实际素材，写出《老村长生命的信条》《老麻抄手》《夕阳红了》等随笔，描绘了中国基层民众的形象。

2013年仲秋，黄逸心为实现自己远大的人生目标，只身赴美留学，就读于美国玛丽安娜波利兹中学。他曾对我说：“现在，因为母亲，因为这个国家，我来到这里。我努力抛弃大大小小的一切禁锢，用最优秀的知识武装自己，掌握自己的命运，改造世界，这是我选择的路。我将一直走下去，义无反顾，妈妈也一定会赞许的。”

《爱与思》全书作品共55篇，这是作者在中学6年里所写300余篇随笔的一部分，其中在华随笔38篇，在美随笔17篇,含英语原文6篇。它记录了作者18年来成长的思想动态及其人生旅途中的精彩画面。

统观全书,掩卷而思,可得两个明丽的作者形象。前一个形象是国内的少年作者黄逸心,稚嫩的心灵,围绕着亲友而涌出纯真的爱:爱父母,爱亲友,爱祖国的壮丽山河,爱星星,爱月亮,爱这个动人的星球。在《美景》《感受天空》《春天里的回忆》《冬日里的天空》《秋天的声音》等文中,我们欣赏到作者描绘的自然之美,感悟到爱的真谛。“爱,正应是在一片黑暗中的光亮”。(引自《生日狂想曲》)另一个形象是游学在世界一角的少年作者黄逸心,他创作的6篇英语随笔立场鲜明,他对社会与世界的关怀与思考引人深思。

由于深深的“爱”,作者一直都在安静而深刻地“思”,这是一种沉思,思所爱的亲人囿困在“套中人”命运之中的灾祸,思舅舅房屋被汽车撞坏却不敢报警的内心缘由,思苏联的解体,更思中国农民与土地的关系……

作者的大“思”,可总结为一句话:停止人间冲突,不要战争,只要和平。“那些为了和平而战争所牺牲的人,不管是什么国籍,都值得任何国家、任何人尊敬。”(引自

《温情》)这是何等崇高的沉思,又是何等光辉的梦想。一个国家大了、强了,就去欺负别的国家,这是人类共同的灾难与悲剧。

作者对消除人间冲突的妙法何在,穷思极虑,博览群书,阅读过 300 年前英国作家约翰・洛克的《人权和自由》、现代英国作家乔治・奥威尔的《一九八四》。如何实现民主政治,社会公平,国家法治,消除愚昧?作者认为,必须以法治体制为基础,才能保障人的自然权利,切实享受生存权、自由权、财产权。他在《圆梦与"解套"》一文中,提出改造"套中人"的命运是他已选定的路。

本书的出版要感谢长辈们的爱心支持,本书收录的作品都是逸心少年时期所作,不足之处,在所难免,恳求指正,诚挚感谢。

黄允林

2014 年 10 月 5 日于博学居

# *Prologue*

When you open this book, dear readers, you will see a modern young man, stout and resolute, wise and humble. When you read the essays filled with deep thoughts and elegant words, your vision will be broadened, and you are encouraged to work more diligently for the bright future of our world.

The author of this book, Yixin Huang, was born in Yiwu city in 1996. Yiwu was anciently called Wushang. It is the hometown of Luo Binwang, author of the famous poem, "duck, duck, duck, twisting neck singing to the sky …." Yiwu is in the middle hilly area of Zhejiang province. The land is barren and generations of farmers survive on the little arable lands.

Ancestors of the author were from intellectual families. There were a few university chemistry professors, senior aviation engineer, senior engineer of earth chemistry, professor of life sciences, medical doctors and professors.

In 2001, the author moved to the beautiful scenic mountain city Chongqing when he was 5 years old. In 2005, the author won the first class award in an English speech competition in Beipei Chaoyang Primary School. In 2008, the author won the first class award in the competition of "Olympic Passion, Sunshine Essay Contest". In 2011—2012, the author was honoured with the award of "Triple Excellence Student". In 2012, the author won 2nd class award in "Chongqing High School Chemistry Competition".

In order to deepen his understanding of the nation and expand knowledge of the grassroots working people, the author used to carry notes while visiting the streets and alleys, discussing with the old and the poor. In 2009, the author travelled thousands of miles, visited Beijing and remote northeast areas such as Shenyang. In the summer of 2010 the author did social investigation in Xingjiang Uyghur autonomous region. First hand life stories of the local people were collected. Essays such as "Life Creed of the Old Village Chief" "Lao Ma Wonton" "Sunset Turning Red" described the grassroots people in China.

In the autumn of 2013, for the realization of great life expectations, Yixin Huang went abroad to study in Marianapolis school in Connecticut, USA. He once said, "Now, for my mother, for the country, for the earth, I came there. I would break every kind of shackles, arm myself with the best knowledge, control my own fate, and transform the world. This is the road I choose. I will go forward, straight ahead without hesitation. Mom will surely approve."

There are a total of 55 essays in this book, they are part of the 300 or so essays the author wrote in the 6 years of high school. Among them 38 were written in China, and 17 were finished in USA, including 6 essays in English. These essays reflect the thoughts of the author's 18 years of growth. They are true records of wonderful journeys of the author's life.

Through the whole book, two clear images of the author were presented. One was a Chinese young author Yixin Huang, with a tender and innocent heart, authentic love derived from family and friends. He loved parents, loved all family members, loved stars, loved the moon, loved the earth. In the essays "Beautiful Landscape" "Feeling the Sky" "Spring Memoir" "Winter Sky" "Sound of the Fall", we appreciate the natural beauty described by the author and feel the true love. Love should be the light in the dark (citation from "Birthday Rhapsody"). The other image was the young author Yixin Huang, standing on the world vision. From the 6 English essays we could see clearly the author's vision about the world and the society.

From his deep thoughts and love, we can see author has always been quiet but in deep meditation. The meditation was about the loving ones, the fate of "the man in a case". He thought about why his uncle's house was broken by a car and yet didn't report it to the police. He thought about the breakdown of the Soviet Union. He also thought about the relationship between the farmers and land in China...

The result of the meditation, in summary, came to the wish that the author wanted peace, and wanted to stop the human conflict and war. "Those who died of the fight for peace, should be respected by anyone and any country, regardless of nationality", he wrote in the "Affection" What a great idea, and what a wonderful dream! There would be a disaster if a country gets bigger and stronger it can bully other countries.

In order to eliminate human conflict, the author read many books and thought a lot. He read *Human Rights and Freedom* by John Rock, an English author 300 years ago. He also read *1984* by George Orwell. The author got his own idea about democratic politics, social fairness, state law and governance, elimination of ignorance and stupidity. He thought that in order to have a political democracy and social fairness, law-based governing system was the only way to safeguard the natural right of human being, to let people enjoy the right of living, freedom, and private possession. In the essay "Dream Analysis and Release", the author opened his aspiration, improved the fate of "the man in a case". This was the road the author chose.

Publication of this book owes to the love and support from the family elders. The essays in this book were all written during his youth age, and it will be highly appreciated if the mistakes are pointed out and improvements are made.

**Yunlin Huang**

**At Boxue Ju**

**(Knowledgeble house)**

**October 5, 2014**

# 目 录

## 第一篇 成长的故事

## 第二篇　眼睛与色彩

## 第三篇 风雪未来

第一篇

# 成长的故事

*Stories of Growth*

# 成长的故事

*Stories of Growth*

有两年没有回家了，在赴美求学前，我决定回去看看我的外公、外婆、姨母、舅父和哥哥们。火车在渝怀铁路上穿过崇山峻岭，风驰电掣般向前飞奔着。天刚下过大雨，缥缈的云雾缭绕在山顶，远远地，层层叠叠的山峰在水汽中若隐若现，颇有些仙风道骨的味道。我的思维伴随着列车穿越了群山，回到了那久远的稚童之年，回到了萦绕着我或朦朦胧胧或历历在目的美好回忆的童年义乌。在那里有一个公司，公司大楼有四层，正面对着大马路上分叉出来的一条支路，路旁有两排柳树，春飘絮，夏拂枝，一年年伴着我成长。大楼外墙贴的是白瓷砖，每到下午，太阳便会投到路旁的柳枝上，投到明净的窗户上，印上不同的图案，幽静但明亮。公司门前还有几座工厂，但那时我不知道那是什么，只记得冲天的烟囱和里面冒出的轻纱般的烟。

公司后面还有一片荒园，那里有一个池塘，池塘外围是用斑驳五彩的瓷砖叠成的，下面是三层竖着的瓷砖，上面有两层横着的。池塘中间立着一座假山，上面还有几缕野草，孤零零地立在那儿。池塘的水不算清，应该是藻类太多了，一年四季都泛着墨绿色，即使在太阳下也看不见水中的境况。

我就住在公司大楼的二层，邻居是公公、婆婆和外公、外婆，他们都已过古稀之年或接近古稀之年，但身体都还十分硬朗，挨着他们住的是一些叔叔、阿姨。从公公牵着我的手学走路到我能独立行走，我们就在这每天早上去取牛奶时必须经过的小路上比赛谁跑得快；在我的印象里，尽管公公似乎时不时跑在我前面一两步，但肯定都是我比公公先到终点。走回来时，沿途遇到挂在路上或粉刷在路边墙上的标语，公公会一路读给我听，甚至连公路上窨井盖上铸的字也教我认，第二第三天经过这些标语，公公问我时，我可以准确无误地回答出来。显然赛跑也好，识字也罢，我都会得到鼓励。

三岁时，妈妈送我到义乌启蒙幼儿园。晓莉阿姨送我一盒看图识字用的小方木块做生日礼物，当场大人就教我：这面是物体的图，对面是这物体的名字，把它们对着看，记住了就认识这几个字了。教完一块以后，就用提问的方式又教了一块，两块共六个字。等到他们过了几天再来教我其他的字时，我早已学会了全部小木块上的共 36 个字。

就从这几天开始，我每天晚上都要把丽娟阿姨、晓莉阿姨拉来坐着，教她们认字，如同几天前大人教我一样，逗得大家哈哈大笑！丽娟阿姨说："把你妈妈给你买的饼干给我们吃了才听你上课。"我马上给她们拿饼干，坚持要她们吃，还塞到她们嘴里，做得十分执着，又引发大家一阵大笑！

外公经常抱着我，给我朗读《大头儿子小头爸爸》，不知读了多少遍。我还不到 5 岁，对外公说我也能读这些故事了，大家听到这话都不信。外公抱着我，用不同方式做了认真考察，发现确实如此，他又拿《人民日报》要我读，我能比较顺利地朗读完指定的文章。此话一出，我走到任何亲友家，他们都以惊喜的表情要我读报纸或书籍给他们听听;有时是特意叫我妈妈带我去的,当然我也乐意!关于我是怎样认识许多字的问题,外公说他不知道,我就更不知道了!大概从这时候开始,我就酷爱看书、写字、画表格、唱歌。据说我三岁前就喜欢唱歌,虽然音发不清,更不理解歌词含意,但我经常唱:“我站在烈烈风中……”大人给我录了音,前两年放出来给我听过。

就在这小小的房子里,发生过许许多多有关我的故事,有的是大人后来讲给我听的,有的是我自己记着的。所有这一切,说明长辈都很爱护我,我也给他们增添了不少乐趣,房子虽小,其乐融融,何等珍贵!

有一天,我正在池塘边嬉戏,哥哥扶着一辆自行车——专门为我买的,走到了后园。我即刻走了过去,仔细打量着这个陌生的“庞然大物”。哥哥不耐烦地叫着:“你骑的时间多着呢!你外公让我先教你。”于是他把我抱上车,拉着我的手,让我抓住车把,然后又一手扶着车,一手把我的双脚放在踏板上说:“像跑步一样,把踏板一圈圈地踩!”我的双脚便不由自主地踩了起来,一圈一圈的,多舒服啊!说也奇怪,就这么两天,我就满公司骑车玩了。我得意地绕着荒园骑,在屋子里骑,在公司的车库入口的坡上骑。脸上的汗被风吹干了，我不知疲倦地一天天地骑着。每次有客人来，我都会骑车去迎接，太阳升了，我会在车上等待。阳光洒在脸上，总是暖洋洋的。

义乌轰轰烈烈的旧城改造开始了。公司后园的院墙拆了，那满是水藻的池水被放干了，假山被拆了，砸成碎石给我玩，我的自行车也就此搁置不用，只有池底沾满青苔的鹅卵石还在默默思念以前的故事。

5 岁那年，我随妈妈到了重庆。幼年渐渐远去了，幼年的阳光和明净的玻璃窗也黯淡了；想到老公司门前的小街，想到那两排柳树，总会莫名地感动。那长长而笔直的小街对面，还会是我无邪的幼年时那样么！大楼肯定还在，而人们都各奔东西了吧。我衷心地感谢我心中永远的你们，你们对我的关爱是我行囊中必备的“食物”，衷心地祝福你们！

# 老村长生命的信条

## *Life Creed of The Old Village Chief*

从城市驱车到乡下，典型的东北大平原一直占据着我的视野。今天我们要到沈阳乡下的一位老村长家去实地考察——但那是大人们的事，我只是去见识见识那高高的玉米秆子。

车子拐进一条小路，停在一个空坝前，四边都有人家，用低矮的篱笆隔开。我们匆匆走进一个小院，敲开了门，来开门的是一位年近七十的老人，他就是今天我们要拜访的老村长。

大人们在一旁坐下，开始攀谈起来，我则在一边听，也许因为听不懂，所以我开始观察这位老村长。

电视剧里面给人的印象是东北那旮旯的人全是大汉，而村长是最壮的，不像市长、县长那么文质彬彬，也不像一般的农民一样鲁莽粗犷,眼前这位老村长精神矍铄,实在不像一位年近七旬的老人,反倒像刚刚退下生产一线的技术骨干。老人目光犀利,口齿清晰,若不是头上黑发中夹杂着白发,还真让人猜不出他的年纪。

吃过午饭,我靠在院子里的凳子上,听大人们继续讲话,声音越来越小,阳光洒在我身上,像在轻柔地抚摸。我迷迷糊糊地走进屋子,自感快睡着了,就选了个晒得到太阳的位置,躺在沙发上睡着了。

一觉醒来,大汗淋漓,衣裳尽湿。看看温度计,30 摄氏度,院子里早已没有声音,想来大人们走到玉米地里去了,这时我才想走到外面仔细看看这乡下景色。篱笆的角落长满野草,院子里有被踏结实的黄泥平台,屋子靠在身后高高的玉米和高粱边。想来夏夜在院落里吹凉风、数星星,应是十分惬意的。路边立着一棵大榕树,走到下面,气温骤降,凉风习习。阳光被树冠的叶子剪成一团团金色的光团,在微风中起舞。我掏出手机,想记录下这里令人心怡的风景,听见背后有人叫我:“孩子!”转过头,原来是村长。他走过来,认真地说:“这里别拍照,东北所有的乡下都是这样,不要破坏了这里的安静和祥和……你如果想要拍，我给你找点素材，跟我来。”

我和他绕到屋后，竟还有一个院子。院子里种满了梨树，黄澄澄的梨子掩映在绿叶中，偶尔才露面，而一叫人看见，就会成群结队地蹦出来。老村长开始介绍这些梨子：“这些都是我的心血，这个梨园我一直在照顾。你外公做实验，我帮他。看，这株梨树，梨子结成串，从这面噔噔蹿上去，整整十七个。看这个，上半个梨子是青的，下面渐渐泛红，最后是完全的朱红色，一看就是杂交品种……”我开始时认真地听，后面反而不怎么感兴趣了，倒是更在乎这位老村长，难怪他精神那么好，原来每天都在照顾这些梨树，不知道他的妻子或儿子在哪里，或者他干脆把梨树当作了儿子。我相信他年轻当村长的时候对村子的事务也是那么上心，所以这个村子才会那么秩序井然。他一定把梨树和工作看成自己的生命，我以前以为在我的圈子里我的见识算多的了，但实际上很狭隘，我的阅历肤浅。东北，或者是中国的每位身体硬朗、思维活跃的老人，都是一本书啊！他们把他们那个时代铭记在心，在工作和生活中实践着每个生命所必须遵守的原则——让自己活得更有意义。或许，这也是这位老村长遵循的人生信条。所以，他才会去种梨树、改良梨树品种等。如果他不时刻警醒自己、鞭策自己，是否现在的他也只能目光呆滞，半晌也反应不过来或干脆躲进土里呢？这就不得而知了。

这位村长是我生活中见到的一个小人物，却给我带来巨大的感动，他的一切已牢牢刻在我心里，就像一本书，一句隽永的名言，一双时时监督我的眼睛！

# 一年到头

*A Year to The End*

新年钟声敲响的时候，我正缩在被窝里玩手机。最近同学们之间说得最多的话就是“新年快乐”，好像除此之外再无其他话题。今天是1月2日，农历十一月十八，掰着手指头算，离除夕没多久，一眨眼的工夫就到了，义乌人崇尚的就是农历，我想着元旦一过，就要盘算回家了。

记忆中我的农历新年很多都是在老家过的，在一个寒风刺骨的晚上，一家人挤在沙发上，满是幸福，十只眼睛惊喜地盯着电视台播放的联欢会，感觉就是与平时和同学待在一起不一样。

我舅一家是开小豆腐作坊的，除夕这天，一家四口加上我坐在沙发上，但舅舅依旧放不下手头的工作。他把竹筛放在手边，趁我们被相声逗乐的间隙，就用手整理竹筛，生怕它被弄脏。舅妈把竹筛往旁边一推，嘟囔着："侬不要这么狂，今天，侬放松放松……"舅舅偏过头："一年到头了，那更要加紧！"舅妈就把舅舅赶到一边，骂着："老东西。"过一会儿，她回到沙发上，与我们一起窃笑，留下舅舅拼命把头往下埋。

这大概是整个义乌除夕夜的主旋律吧，愉悦而轻松。

然而，有时我却并不是那么幸运。除夕夜，重庆卫视正唱着："回家……回家……家需要你……"而六年前，我却不得不在大年三十夜晚，登上回渝的列车。

夜幕笼罩了整座小城和火车站，站台上的灯光成了黑暗中人眼和人心唯一的救命草。眼睛直勾勾地盯着北方，从铁轨的弯角晃出一盏车灯，之后大地随着车灯前进的步伐一拍一拍地颤动，深绿色的火车慢慢停下，门一开，竟没人愿意涌到车厢门口，只是昏昏沉沉地排着队。

夜深了，我从床上惊醒，列车在江西的土地上飞速前进，周围被黑暗包围。看！那是什么？在视野尽头，在由黑色的瓦片构筑的灌木丛身后，升腾起璀璨的光的鲜花——烟花，那是烟花！随后，接二连三的烟花升起，在黑夜中勾勒出远方村庄的轮廓。“心心，还不睡?”睡对铺的母亲坐起来，问我。我偏过头，看见了她噙在眼里的泪，随着车厢的颠簸而颤抖，车行减缓。我躺下，临走时外婆外公躲进房里，哥哥送我到车站……这些场景我依旧记得，但现在再想哭，也哭不出来了。

列车缓行了一刻钟，停靠在新余车站。站外仍是一片漆黑，站台上的灯在摇摆，车站上的大钟告诉我快天亮了，车站空旷的广播声音一遍遍在重复:“欢迎各位旅客来到新余，新余车站工作人员祝大家新年愉快，合家团圆!”

“切! 什么团圆，这儿离义乌几百公里呢!”耳边响起这个声音。

或许，新年的痛苦正是与欢乐并存的，只不过很多人无福享受罢了!

# 生日狂想曲

## *Birthday Rhapsody*

人生/在自己的哭声中开始/在别人的泪水里结束/这中间的时光/叫作幸福

人活着/当哭则哭,声音不悲不苦/为国为民啼出血路/人死了/让人洒下诚实的泪水/数一数/那是人生价值的珍珠

——原野《人生》

在今天的生日宴会上,我最想念出的便是这首诗。外公说今天在座的大都是博士生导师,川大的、重大的,还有在外地经商的牛人,一天到晚各处开会的大忙人……为了他八十岁的生日,大家聚在一起不容易,以后恐怕鲜有这样的机会了。

他们之中的大多数人对于我来说都很陌生,今后也

不会再见——这短短一个小时,成了我们生命中唯一的交集。

宴会进行着,我时不时望向主席台,外公的座位边总是围着一群又一群不同的人。有些头发已经发白,皱纹深深刻进了每一寸皮肤,每一块肌肉。此时,皱纹们都在欢快地跳动,仿佛在追忆以往共同奋斗的历程。

另一些则腆着大肚子,红着脸,时不时掏出手机看,或是凑到耳边。这些男人大多身着印有条纹的深色长袖,外面则是一件反光的黑色大衣或深色的外套,头发梳理得整整齐齐;还有女人们,穿着深红色或更深一点颜色的衣服,她们很多留着卷发。但不论是谁,无一例外地在外公桌前显得愉悦又谨慎,充满尊敬又温和。

还有那么一群人,奔走于各桌之间敬酒。他们脸上的笑意是最浓的,但到最后似乎有些僵化了。

宴会就这样进行着,充满友好的气氛。没有市井之中常见的嘈杂,每个人都懂得适可而止。只有阿姨和另外一小批人,说话声音稍大了些。

曲终人散,他们中的大多数,我想今生是不会再见到了。

我想尽快逃离这里，因为空气太过浑浊，门外雨后的空气与此处相比，简直是芬芳四溢的天堂。

但我还不能走，阿姨还在大堂，为她家的狗准备佳肴。

逆着稀稀拉拉的人流，我回到了大厅，这里是另一番景象。

宴会初始放视频的屏幕已被分块拆下，正运往储藏室，清洁工们在打扫地板，擦拭着地上残留的剩饭油渍。4×4的餐桌上，景象惨不忍睹，真可谓杯盘狼藉。因为菜太多，桌子太小，碗重碗，盘叠盘，杯碰杯，各种饮料、茶叶、汤汁、肉末混杂在白底红花的瓷盘上，真可想见尝一口之后那种让人毕生难忘的滋味。

和学校食堂的泔水桶一样，这里的泔水桶一样让人反胃，只是泔水中的内容更丰富、更贵气，也更臭罢了，这真是滋生疾病的温床。管你食物出炉时多么精美，吃的人多么雍容华贵，一旦成为泔水，一样让人恶心。

然而，在盘子与盘子的碰撞声、脚步声、说话声和卫生间的水流声中，有一幕吸引了我。

穿过半明半暗的大堂，在远处亮着灯的角落，坐着四个人:两男两女。男的是刚才忙于向人敬酒的表哥们,女的是他们各自的女友。他们相互注视,吃着冰冷的饭菜,聊着天,脸上都是笑意,这笑意不会随着时光而消逝吧!我多么希望就是这样!爱,如同一片黑暗中的光亮,那光亮正是为了照亮你对面那个人脸上的笑纹。这不是电影中的蒙太奇手法,而是发生在你我身边的真实故事。

外公已经走过八十年的人生。他的一生凝聚成了今天的三十二桌客人和一段几分钟的由未到客人录制的祝寿视频。值得?不值得?我看不透。也许到我八十岁时可以看明白这一切吧!但对外公而言,他应该已心满意足了。

# 在自然中生活

## *Living in Nature*

归鸟在天空划过一道美丽的弧线，夕阳西坠，路灯散射出迷离的光，在我身前投下模糊的影儿。

我与阿姨走在江边，今天是她的生日。她在一家工厂上班，难有闲暇，忙中偷闲，我邀她出来散散步，亲近下大自然，她看起来十分惬意。

我们缓步走下河堤，来到河滩。她忽然要给我讲她幼时听过的传说，关于嘉陵江上的十八孝子滩。旧时一位母亲与孝子告别，孝子依依不舍，每到一处江水转角都要回头望望母亲。孝子共回了十八次头，后来，十八处转角便有了十八片滩涂。

多美丽的传说！这样充满人性之美的传说，不正契合这安详静谧的黄昏么？我仿佛真的看见了送子离去的母亲和依依留恋的游子。

“还有么?”我问。

“想不起了,太久了。”阿姨面露失落。

我长叹一声。如此灿若明星又质朴隽永的传说,就这样消逝在轰隆作响的机器声中了。

我不禁感到一阵惋惜,可是,这又能怪谁呢?我们远离了蔚蓝的天空,失去了甘洌的泉水和神奇的土地,也早就遗失了先祖们那善于洞察、充满想象、贴近自然的心灵。

我想起杰克·伦敦的小说《叛逆》。主人公是个流水线上的工人,害怕起床,害怕天亮,不想说话。他的母亲看似关心他,却并不体会他的难处。后来他受伤了,躺了三天三夜。曾经,他唯他母亲之命是从,但病好后,他坐在屋外台阶上冥想,享受阳光与自由。最后,他丢弃了那个工作,成为一名流浪汉,免除了每月做数百万次重复动作的痛苦。“他从未像现在这般自由,这般贴近自然。”

书中主人公的叛逆似乎来得太晚,那么多年他根本无暇顾及机械麻木的工作之外的其他。那一次受伤给了他重返本真的机会,而他也抓住了这个机会。杰克·伦敦本是性情中人，而他的小说，也正是他与自然对话的记录。

我也曾爱站在窗台，看日升日落，星移物换，但现在窗前是工地的扬尘，售楼处的海报挡住鸟儿盘旋的路线，脚手架勾勒出钢筋水泥的城市轮廓，而我，也不再为自然的呼吸欢欣鼓舞，为阴翳的雾霾而心情沮丧，甚至很少为那些传说感动，是壮阔的自然不再动人心魄，还是我们失去了发现美的心灵和眼睛？

# 你该走了吗

## *Are You Leaving*

拉住窗帘，关掉台灯。躺在床上，望着透过窗帘射进屋里的昏黄暮光。

我哥很少这么郑重地跟我说话。

我想，这回，他是要走了的。或许他也应该走了，或许，我根本不应该挽留。我不得不回想起有关他的一切。

四年前的那个春天，他不远万里从老家来这里，开始了他在重庆的生活。当时家人问我："他会不会影响你？"我愉快地回答："不会。"从此以后，我家的门会在下午六点准时打开，进来一个小伙子。他把肩上的外套扔到床上，就坐下来往肚子里灌水，接着抓起筷子往嘴里塞菜，顺便发几句牢骚："怎么油放那么多？"然后一声不吭地吃饭。吃完饭，当我躲进卧室做作业时，他偶尔也会闯进来,之后就趴在桌子上静静地看我做作业。

一到周日的清晨,我们会早起,带上钥匙,跑到户外散步,我们总是选人较少或没人走过的路。我很喜欢这样,好像是一起去探险似的。听着湿润的鸟鸣声,轻轻拂过面颊的凉风,他喃喃自语:“这儿真好……”

就这么过了四年。

今年冬天,我们乘坐在归家的列车上,列车南下,紧贴着陡峭的山崖。列车的一边是浑黄的綦江,另一边是寸草不生的石山。哥坐在窗边,脸贴着窗户,眼睛直直地盯着窗外。忽然他转过头来问我:“出重庆了没?”“没呢!不过再有两站地就出了。”“嗯……”他若有所思地转过头,吐出几个字,“再见……这……这片土地……”“你不回来了吗?”我现在仿佛才明白“这儿真好”的含义。“或许吧……一去不复返了,又能如何?”

过年,我被极力挽留在一位亲戚家住了几天,说是回去不方便,况且家里还有事,就留在这儿,我不好推辞,就答应下来。我在这儿待了几天,直到回重庆那天才回我原来的家取东西,临走前听见亲戚在和谁打电话,声音压得很低,只听到:“回来了……”

我看着这个家，转了转，感觉有些认不得了。做了一次大扫除，干净多了，我整理自己的包，楼上楼下到处找东西。我拿起几本作业簿翻了翻，掉出一张纸。捡起来一看是一封中国平安的招聘信，上面赫然贴着我哥的照片！他干了四年的工作就这么不干了！我立即起身去找他，家人说他出去了。然后他家人叹了口气说：“我们给他安排一个工作不容易，他执意要去平安，你知道他的口才不好。平安怎么会要他……这不，现在接了个电话，不知道哪里去了。”

大悟。

他最终还是回来了。

然而，这次，就在这个傍晚，他竟如此吐露他的心声：“你……你说我该怎么办，怎么选择，留下，还是回去？”

“我没想好，这是你的决定。”

“怎么办？”

“你为什么来这里？”

他停顿了，迟疑了一下，说：“玩……”

“玩吗？”

“哼哼……”他似笑非笑着。

“为什么?”

“不为什么。”

我转过脸对躺在另一边的阿姨说:“这个时候最美了!天还没有黑,光线就这么透进来,伴随着柔和的音乐声淌过每个人!窗子里边是一种生活,窗子外面又是一种生活。”

你要走么?想好了是带着现实留下,还是带着回忆离开……

你的生活和快乐来自哪儿。

那么,你就为那儿活着。

# 过　年

## *Spring Festival*

我又来到这个村子，我的生命起点。

汽车渐渐偏离了主干道，进入了颠簸的小道，又过了一会儿，进入了一个市镇，沿街有商铺，但大都已经关上了门，一条笔直的路横贯整座小镇，街两边的树上挂起的横幅写着祝福的标语。整个关闭的集市被笼罩在朦胧的颤抖的光线里。

穿过整个小镇，依旧未能到达我们的目的地，车子又走了十几分钟，才见无垠田野的远方，依稀有一个村落，高低的影子竖立在原野上，金色的夕阳光辉为村庄勾勒了更明显的轮廓。

车子开进了村子。这里的道路更是狭窄颠簸，于是我们只好下车，在巷子中拐了好几个弯，终于在长满青苔的墙和高高的墙头中，找到了这家人。他们的屋子被掩埋在乌黑色的瓦片和乳白色的围墙中，是一幢二层小楼，同其他江南民居无异。另外还有一个小小的天井。四面的墙壁都已灰白。这家人的起居环境异常简陋，二楼作为卧室，一楼的三间房子，一间租给了别人，一间作为客厅，小得可怜，只能容下一张桌子。客厅面向天井，门的上方，黑色横梁撑着二楼的过道，横梁之下挂着还未烧尽的蚊香。门框上挂着的驱邪镜成为蜘蛛的猎场。

另一间屋子就是厨房。炉灶上的火舌向上窜，厨房的一切都被刻上了乌色的斑纹，烟呛得人喘不过气来。

与这不相匹配的却是今天这超过房屋容量的客人。

这家的主人是我小时候的邻居，自然与我很熟。今天她家来了许多人，基本上我都不认识，一群人窝在屋子里打麻将，而自打我一进门，那位阿姨就一直不知疲倦地向大家介绍："这个孩子啊，小的时候，我住他家旁边，每次我一进门，他就会跑过来说：'阿姨，我来教你打麻将！''阿姨，我来教你读书！''阿姨！''阿姨！'"她脸上布满了笑容，我的身高早已超过了她，然而我对于她来说，却永远是个孩子。

一盘盘喷香的菜从厨房中端了出来，夕阳西沉，被屋脊遮住了面庞，麻雀在低空中滑翔，晚风吹着高高的鸟羽般的云霞移动，村落间响起家家团聚的笑声，东面的天空中，浮现出一轮新月。

我被推进了客厅，发现今天这里挤进了六个孩子，所以阿姨不知从哪儿又翻出来了另一张桌子。一共二十来个人，分坐两张桌子，每张桌子上都是欢声笑语，不管生平如何，文化如何，坐上餐桌，就是一家人。

月亮在云中穿行，吃罢晚饭，西方的天际只剩下一道霞光，枯树孤单地立在田埂上，但过一会儿，它就不会再孤单，因为薄云中的星光，稍后一定会落在它的树梢上吧！

如同走程序一样，过年时当我们见大人面带微笑走近时，就知道接下来会发生什么。阿姨从我身后走近，手里攥着皱巴巴的红包，只是我已经学会推辞，也就没有电视里常见到的那些场景。但是对于阿姨而言，这些钱并不是可以轻易在账本上打钩的一项支出。

见我仍旧有些犹疑，阿姨继续着她无法描述的微笑，把我的手搭到她的肩膀上，抬头望着我说："我看见你的时候，我的手刚好能搭在你的肩膀上，现在你都那么高了！再过两年也许你就要出国了，再见了。”

我把视线从她身上移开。我的眼睛好像被路灯光灼伤了，睁不开。

越遥远的记忆似乎越清晰，然而我又不得不被现实拉回来。在追赶浩茫无涯的目标时，总会回头望望走过的路，那是由繁花和童谣编织成的道路，引领我们前进，不管前方是空虚的，是不可预知的，还是丰满的、充满惊喜的，当我们回望走过的道路时，一定是满心欢喜的。也许你会唏嘘感叹，但你的内心，一定充满自豪。不管如何，这些路，我已经走过。

再抬头看天，新月勾着身子，一边是闪耀的群星，在对着大地，悄声吟唱。

# 老厂之死

*Death of The Old Factory*

我每天趴在窗子边，看着眼前的众多屋顶，真有“一览众房小”的感觉。

我家住得实在是高，斜着靠在坡上，七层，拥有无与伦比的180度视野。

在惊叹于眼前新建的花花绿绿的屋顶之后，我开始注意到它——那幢不知被雨水粉刷过几回、浸染几回的房子，以及它的裙楼。阿姨说，那叫川仪十八厂。

记得我搬进这里的时候我还在读一年级，踮着脚才可以探见窗外，但眼前的一切让我惊呆了：如此恐怖的屋顶，平平地伸展着。好像只消我稍微探头，就会栽下楼去。屋顶，证明了这里的高度。我恐高——因为此前我一直窝在低矮的平房中，从未登到高处。

尽管我极力反对，但我仍被迫住进了这幢房子。曾经好一段时间我不敢靠近窗子，但也许是实在无处可看，有一天我尝试着开始远眺。

渐渐开始喜欢望远，尤其喜欢看那幢老楼和它的裙楼。

我初次仔细观察它时，它便已经死寂了。外墙的白漆被雨水泡着，早已掉色，由白变黄、变棕，最后甚至附上一层薄薄的黑色。窗户随意地打开或关闭，经年未变。传统的六格窗，经典的20世纪80年代的气息，见证它曾经的繁华；附着外墙的楼梯已经破烂。有些地方摆着几盆绿色植物，可能是仙人掌，居然还活着；楼梯的拐角，摆着脆生生的木板和拖把。楼梯的最上层连接着一扇门，门板已经掉色，隐隐约约可以看见一点点宝蓝色，用灰色的木板紧紧闩住，不再打开，落满了灰尘。

屋顶是平整的灰砖，缝隙之间满是野草，砖的表面也爬满了青苔，显出青黑的颜色，走上去应该也是很滑的。屋顶显得苍老而沉稳，旁边的排水沟上也窜出一米高的植物，时常有鸟盘旋在上空，觅食、嬉戏。

在屋子的缝隙之间，还有一块空地。空地已经彻底荒了，长满野草。野草恣意疯长，变成一团团、一簇簇、一堆堆……甚至长到工厂入口的旁边。野草堆中，有一潭水，本应该是清的，但望过去是黑的，应该早已发臭、死去；也许池中本有鱼，厂子死了，鱼也就死了，但水却一直未干，池水环抱着一座死去的山，山上爬满青苔。

这不得不引起人们的遐想，当这个工厂繁荣兴旺的时候，是否艳阳高照、春雨如酥？从一扇扇六格窗中传出的是机器的轰鸣声，人们的欢笑声？在屋顶上，是否有孩子的嬉戏？在假山旁，是否有老人坐看夕阳绚烂？是否有人在白天吹奏长笛？是否有人在晚上弹奏琵琶？全厂的职工联欢是否彻夜灯火通明？全厂的技术竞赛是否规模宏大，让技术能手摩拳擦掌？

不管如何，现在一切都已成往事。老房就像等待宣判的死囚，最后只能黯然逝去。

现在只有看鸟儿飞来祭奠，也只有我用手机记录这一切。

昨天，我忽然发现空地上的绿毯被撩开了一角，路边的野草也被堆在了一起。

死期临近，只有腐朽了的路灯上，挂着白色的牌子，用褪色的字写着“科技兴厂,争创一流”“用户至上,信誉第一”。

你的魂魄啊！飞到哪里去了！它是像时间和回忆一样,一去不复返了吧！

# 我读懂了那条江

## *I Appreciate That River*

第一次见到那条江，是在高高的楼上。见到了江的一角，弥漫着薄薄的雾霭，带着异于我故乡的神秘气息，静静地流淌。我不喜欢它，因为它和我故乡的江不一样。

然而，真正认真地去读那条江却是在初中。从小学到初中，家中变得冷清下来，故乡也离我越来越远。我不想回家一个人呼吸逼仄而浑浊的空气，于是决定去吹吹江风。

新修的大堤两边种上了树，还有明亮的路灯照着前方的路——可路灯像给绿叶涂上了蜡，也让暗蓝色天空中的星辰变得模糊。我望向江，它就像一块巨大的绿色的翡翠，又像一条柔滑的丝绸，横卧在谷底，两岸的山峰投射出模糊的轮廓，对岸山腰上工厂稀疏的灯光倒映在江水中，被江水推出一个又一个皱巴巴的光圈。我想起和妈妈扔石头的场面，我想起第一次见到那条江时的感受。江水像传送回忆的输送带，将一幕幕过往送到我面前，让我哑口无言。

我继续走。我看见江转了个弯，折进了一个山谷，谷两边有车灯闪过——那是通向市中心的公路。在山谷中隐约有桥。不只一座两座，有四座，一座在建的桥即将合拢，巨大的钢筋席卷着不由分说的气势，而它身下的江，也不再是阻隔交通的堑壕。

我不由得想起《三峡》，人类为自己将“沿溯阻绝”的天堑变通途的行为感到自豪，也情有可原，但我们真的应该去读一读被我们“征服”了的自然，比如我面前的这条江。

这条江似乎是从远古流淌而来的，它看见了无数次灾难，看过了人类由弱小走向强大。它就这么看着，什么也不说。我来这里十年，不算短的时间，可在它看来只有一瞬。它承载了我的记忆，也承载了无数人的记忆。它见过孩子们的天真，见过年轻人因工作而沮丧绝望，也见过无数个夕阳下老人们的感慨万千。而面对着比它小了不知多少岁发誓要征服它的我们,它也不说话,它只希望有人可以读懂它。

也许有一天,人类消亡,而它仍然这么流着。时过境迁,斗转星移,也许世界都变了,但是它相信,有些东西没有变。只要对回忆坚守,对前方目标有坚守,那么,我相信,许多东西都不会变。

# 栈　道

*Plank Road*

走在竹海之中,我把脚下的路当作古时的栈道。

这里没有被马蹄踏得坑坑洼洼的青石板,没有商人行走留下的古迹,也没有深山隐士从旁传来啸声。我们走在表面粗糙化了的条石上,右边是许多从一层薄薄泥土中探出头来的竹笋,以及身子倾斜的竹子,左边是绝壁,也长满了竹子。竹子与崖面近乎平行,我们在这中间走着,脚下的路顺着山势蜿蜒而行。我想象着在前面山坡凹陷之处,搭了一座桥,桥上是年代久远的栏杆,靠山的一面从上倾泻着银帘,水珠如玉一般光滑洁白,而桥下则是深渊。我们站在桥上听着桥下瀑布发出震撼人心的轰击着岩石的声响,沐浴在林间阳光照射水雾弥漫形成的彩虹里……

实际并没有这样，毕竟不是古栈道，只是我的想象。但这许久我几乎没怎么仰头，只顾低头轧路，一定已错过不少美景！

峰回路转，小径已深入大山腹地，偶尔来到开阔地带，照了两张相，又一头扎入竹林之中。这时，我们已来到陌生的地界，同学之间相隔十几米，声气相通，却已不见踪影，只闻林中何处传来熟悉的声音，遍寻不得，索性也放开嗓子吼上两声。于是人们在林间展开了对话，这种但闻其声，不见其人的情景，更增添了几分情趣。在这里，两人的对话，也便是许多人的对话，是人与竹林的对话了。竹子充当了传音使者，竹林使每个人都感受到了亲近自然的乐趣。而这，却是在一片我们陌生的土地上发生的。新奇，刺激，我们对这片陌生的土地下着定义。同是人与人之间的交流，因为陌生反而变得流畅，熟人远离，环境陌生，前路未知，还有什么更能促使人们寻找新的知音？一切因熟悉产生的隔阂，一切因旧环境造成的隔阂全都烟消云散了。

我又开始了对栈道的神往。曾在火车上看见过绝壁上栈道的踪迹。上边、下边都是岩石，只有临江的一面出露，其实就是从山壁上硬生生凿出一排空洞，再铺上石板，险要处加上木栏，便建好了一条栈道。在这样的环境下驾马行走，看着一侧的深谷激流和激流中比“乘奔御风”还快的木舟，听着山里人家的山歌，樵夫伐柴的声音夹杂高处密林中的猿啼，是不是有一种幻化为仙，或是觉得马也飘起来，奔向美丽天宫的感觉呢！人在栈道上，永远不会寂寞。泉水叮咚，马蹄轻响，山间的林木因季节变迁换上盛装，夜晚月光为山梁披上银装……

最后，我们还是走出了山林，走到了大路上。我这才发现，出口离入口不过几百米，我们却走了两个小时。黄格超说：“太阳都有倦容了！”我苦笑了一下，没有说话。

# 荒　地

## *Waste Land*

晴空下，老火车站场上的野草恣意张扬，以蓝天为背景，好像悲伤以明亮为背景，显得不合时宜。从横穿车站的柏油路上开车经过的司机有几个知道这里是什么地方？只有我才能从荒草的王国中辨认出站台原来的位置，然而我无法解救它。我失掉的，看似只是一个消遣之所，实则是我梦想同现实的出发点。没有这里，我无法到重庆。这里代表出发，代表离别，代表重聚，代表幼时外面的世界给我烙下的印记，无法更改，不可磨灭。这些，你们懂吗？

我仍在回想我最后一次告别她的情景。夕阳消失踪迹，天空由昏黄转为黯淡，妈妈在车上放行李，站台上灯光下的蜘蛛网轻轻摇晃。车开时还有从窗外灌进来的二月的寒风。我无法看清一次次送我远行的朋友的面容。

横穿火车站的地下通道已被掀开,成为一个三米多深的水池,同其他水池一样。这里是一片荒地,一片平常的荒地。我不记得这里有个火车站,我不记得这里是我的出发点,我不记得我在这一次次挥手作别,我更不记得我走时外婆躲在屋里不肯出来。

以后我再也见不到这片平常的荒地了。高架路、义乌、官塘、义亭、塘雅、孝顺、东孝,我一遍遍默念的名字。同行之人把头伸向轨道旁被阳光穿透的松树林,喊着:"浙江,我回来了!"阳光的碎影投在她乌黑的头发上匆匆闪过。

七年后我又想起她,尽管我们并不认识。

# 老麻抄手

*Lao Ma Wonton*

我走向离家不远的老麻抄手,去迎接我那迟到的晚餐。在此之前,我已经连续吃了两天的乡村鸡,味蕾早已厌倦了。

上次来老麻抄手,是在 2010 年了。寒假的一个清晨,我背着沉重的旅行包,拉着行李箱来到这里。时间太早,周围的房屋都还在沉睡着。我囫囵吞下大半碗就匆匆离开。等到周围店铺陆续开张,我坐的火车都已经开走好久了。

今天,我又来到此处。店老板自然不会记得我,他用一贯的口气招呼着:“你要些什么?”“二两抄手,清汤。”“好嘞! 二两,清汤!”他朝厨房的方向吆喝了一声,又坐到门前的独凳上。

我环顾四周,店面不大,屋内摆着六张桌子,显得有些局促。于是老板又在门外的人行道上摆了六张桌子。从门外黄桷树浓密冠盖的缝隙中,可以望见微红的天空和淡淡的月轮,给画面平添了一点怀旧的气氛。傍晚时分,树冠下的世界开始热闹起来。老人牵着孩子的手缓缓向前迈步,而孩子不安分,总想快点向前奔。一脸倦容的成年人匆匆走过,肩挎包,脚踏皮鞋。门前的狭窄公路上,车子的引擎不断发出低低的吼声,由远及近,黄色的巴士开过,车内的灯光与周围的昏暗达成了莫名的协调,让人看了想昏睡过去——这就是日落后的街道。我坐在店门口出神,一旁是店主,他也看出了神。在一天忙碌和疲倦之后,望着这街道,望着同样疲惫的来客,他心中会不会有点欣慰,或至少与来客达成了心照不宣的默契呢?

我正这么想着,抄手端了上来,打断了我的思绪。

抄手用一个大粗瓷碗装着,冒着白色的雾气,用鼻子凑近一闻,有浓浓的芝麻香。汤并不浓稠,但在灯光下可以看见一层油。油下是芝麻,然后是抄手,所有这一切装了满满一碗。抄手有二十几个,算是很少见的了。美食家也许会对这种作坊的产品不屑一顾,但对于大多数人而言实在难得。

我想起沈阳的早点。同样是在一条窄窄的街边，开着卖早点的铺子。店主精力充沛，充满热情，每打开一个笼屉，都要吆喝两声，随即就有一股洋溢着北方气息的厚实的热气向上蹿升。店主快速拿出笼中的包子，装进塑料口袋，向主顾示以笑容，若是老客还会寒暄两句，遇到我们这样的外地人，还会当向导，做宣传。五个包子，只要一块钱，真是叫我们开心！

而乌鲁木齐的大饭店，自助餐，来的人都大腹便便，音响震耳欲聋，节目恶俗搞笑，主持人的台词庸俗无聊，菜品更是千奇百怪，一晚上下来怎么不叫人胆战心惊！

我呆坐了好久，直到又一声吆喝响起。时针指向七点，光线越发昏暗，夜幕就快降临了，我大口大口地吃着热气散去了的抄手。风味还和三年前一样。但从寒酸的门面和稀落的顾客可以明显感觉到它的前景如同天空一样黯淡。我恍然之间明白了什么。我明白政治老师提到过的一个问题了。他说，一些商店聚到一起，开到一块儿，为什么不怕相互竞争呢？照常理，他们为避免遇到竞争对手，应分散才对。事实上，他们之间应是唇亡齿寒，相互依存。它们无法与巨商大绅抗衡，只有团结在一处，形成一个片区。人们想买什么，想吃什么，除了大商家外，还有这一额外的选择，而这一选择，也往往给人们带来惊喜。在大排场风靡的年代里，在似乌鲁木齐饭店铺张行为屡见不鲜的背后，却是似老麻抄手这样的苦苦支撑和大多数蓝领白领叫苦不迭，无处寻找过往美味的无奈。

我又开始囫囵地吞咽了。不知道这是不是最后一次在这里吃，但我想我应该把它，把众多挣扎中的小店以及另外一些逝去了的小店记录下来，以铭刻这不一样的回忆。

# 冬日的风

*The Wind in The Winter*

人常说“秋风扫落叶”,但就我的目测而言,此句在重庆是不适用的,因为重庆在秋天还暖着呢。风真正凌厉起来,应该是从冬至以后几天才开始的,且这也仅仅是北方旷野的疾风,渗透进大山怀抱中山城的一小部分而已。但虽是一小部分,也让人难受。

重庆的冬天固然不够冷,风也不算大,可是潮湿。空气中充盈着水汽,风裹挟着水汽到处钻,这里不是敞亮广阔的平原,风也从不靠巨大的阵势吓唬人。夜深了,不知冷风从哪里寻得缝隙钻进被子,然后寒意行遍全身。若你不动,则第二天全身会酸痛异常;若你动了,你就只有在医院或者床上待一天了。

早起赶车,天还未亮,但寒风从不休息。必须全副武装，遮掩昨夜被寒风吹疼吹裂的地方，背着书包，哀叹命运的不公。

冬天的风一般都是悄悄的，远处的轻烟飘动，你知道有风；花园中常青树叶作响，你知道有风；路上母亲叮嘱孩子把衣服扣好，你知道有风。

看来人们似乎总是对自己关心不足。

编剧们总喜欢塑造妻子寒风中等待丈夫，母亲寒风中等待孩子，交警寒风中执法，志愿者寒风中奔走的场景，认为那样可以打动人。为什么？是他们也有类似的经验吧！

今天和同学讨论季风和洋流，就扯到气象学与人文的关系，难道不是如此吗？正如历史学中的还原推论，我们为之感动的事，也是与看似不相干的气候有关的。

因此我们感谢冬天的风，尽管它让我们感冒，却有众人陪伴，还有能带来大年三十回家的讯息。每个人都相信，这最寒冷、最黑暗的季节的风声，正是吹走旧有积怨的福音啊！这不是比那独自徘徊，孤独惆怅的春风更让人振奋吗？

# 感受天空

*Feeling the Sky*

我的目光不住地往一个方向偏转着，那就是天空，想起了李贺的那首诗。

李贺坐在城楼上，感受着风的吹拂，眼睛也向上看着，在广阔的西方天空，云层翻涌着。乌黑色的云如同被墨水浸透了的皮袄，又皱又厚，在这夏天裹住了整个城市，像要压垮这个世界一样。李贺呆坐城上，随口一吟，便是“黑云压城城欲摧”，一股沉重而紧张的感觉。

我坐在阳台上，同样面对这个乌黑的天空，明明是上午八点，正是阳光明媚的时刻，却见得一朵朵、一簇簇深黑色的污渍向这边聚拢过来。江对岸是一个小山包，小山包背后像是挂上了一根根细长的银白色的丝线。近处，东边的山躲在了水雾身后，西边的楼也从浅蓝色被染成了暗白色。我走回屋子,屋里被笼罩上了灰色,甚至还有一点黑色,风扇努力地转着,输送着清风。

窗外愈发阴暗,天空中最后一点白色也被乌云吞噬,世界陷入了灰中又带点土黄的颜色之中,窗帘不停摆动,昨天的闷热气息一扫而空。一开始风是“飒飒”的,似乎与这环境不相配,后来变成了“呼呼”的,与风扇的风交织在一起,分不清楚了。于是我便将风扇关了,我还是更喜欢自然风。

天空还是黄着脸,就像难过得快要哭泣,记得小学时候的同学说:“雨是天空思念大地流下的眼泪,雷便是她凄厉的哭声。”

终于,天空开始号啕大哭。她的哭声吓得人们赶紧把电插头拔了。天空的哭声也许是孩子们挨揍时的哭泣,也许是大人事业失败时的哭泣,又也许是老人不幸失去孩子时的哭泣。总之,是与人们的情感一样的,不然,人们怎么会“去国怀乡,忧谗畏讥”呢?又怎么会夜观天象,说出什么精彩的预测呢?天空与人类仿佛生来就有联系,雨只是沟通的方式。

我的思维又转移到了现在,雨滴打在楼下人家的雨篷上，溅起来，附着在我家的纱窗上。我想用手去触摸那被纱窗分成一块一块的水，但水立即就溜进了指缝中，无处可寻了。屋外天空之下，依旧在坠落着一片一片青白色的雨，滴在树上、路上、屋顶上，随风飘进屋里，打湿了靠窗的地板。天空慢慢变亮，那空无一物的白色天空，那厚厚的积雨云，带来清新的空气，作为给人间的礼物。

因此，天空，那个给人的幻想以空间的东西，包裹着这个蓝色星球，以及她的子民。

在白色积雨云下，人们一边听雨，一边听着天空的呐喊。

# 冬日的天空

## *Winter Sky*

顺着地理老师的手,我们的视线转移到了窗外。这是片遗忘了蓝色的天空。

冬天好像一直是如此。

早晨在户外等车时,寂静得一如既往的街道,仍睁大眼的路灯,提醒着你冬天的脚步还未离开。手掌先是白得毫无血色,过了一会反而开始泛红,只觉得一阵阵冰冷。

最多变的应该是口中呼出的“白气”吧!等车的时候,立在人行道边,张开嘴长长地舒了一口气,只见白色的水雾在灯光的照射下快速地旋转升腾,然后飘飞出路灯的照射范围,淡出我的视线,融在浓重的天空中。

冬天是很少会有太阳的,即使有也像是透过一层薄薄的云纱散漫地照射着地面，照在人身上也没丝毫暖意，倒更像是隔了几层厚厚的毛玻璃。那样的日子，是天空罩着地面，而地面承载着许多人。晴天人们会走到门外感受朦胧的日光，再出一身细汗，看着水泥地上自己淡淡的影子。

很羡慕济南人，因为他们有不一样的冬天——如老舍所说，不是雾蒙蒙，也没有叫人害怕的阳光，更像是泡在温水中——如温水一样柔和的阳光，再看看这里的冬天，真是天壤之别。

然而直到现在，我或许也未能参透重庆天气的魅力所在。

当然，你也可以说，恼人的天气过后自会放晴，而"物以稀为贵"，放晴之后，人们该会更懂得珍惜吧！

幸好有手机，我拍下了许多美丽的有关天空的照片——那些不属于冬日的照片，却也有个别初冬晴空的照片。在那清凉的日光背后，在一张张照片的背后，也许还隐藏着更多对于冬日蔚蓝天空的期盼和祝愿呢。

于是我想起了去年的冬季，那是个被阳光穿透、由蓝天作底色的冬季。

在萧瑟寒冷的风中，路上的行人裹紧了大衣，大人为孩子围上了围巾。

在最后一片黄叶即将落下的时刻，黑暗就早早湮没了夕阳的光辉。

冬天，还是那个阴沉的冬天，夕阳只是匆匆的过客。

耳朵，应该偏爱阳光吟唱过的风声，鼻子偏爱阳光气息的空气，眼睛也该适应午后一觉醒来时在阳光下嬉笑的人群。

只是，它们都远去了啊！冬天的晴空或许就会出现在明日，但其价值同宿命，却是成为明日之明日的历史。

# 美 景

## *Beautiful Landscape*

夏天的脚步伴随早起的太阳悄悄来到,而我也想早早地享受一下夏天,那初夏迷人的情调。

这一天天气晴朗,江对岸高耸的烟囱清晰可见,它正向天空喷吐着烟雾,烟雾飘在空中,因为无风而无法扩散,给工厂戴上了一个发亮的环。

我等在家中,为美好的时光如此流逝感到心疼,因为今天本打算晚饭后出去散步,而等待晚饭的时光却如此漫长。

终于胡乱吞下晚饭,独自一人往嘉陵江大桥上走,眼前仿佛出现了美丽的诗一般的图景:江水轻轻地拍打着岸,发出怡人的响声;江边河滩上拉满了帐篷,华灯初上,江对岸吹来了田野独特的清香;两岸公路遥相呼应,汽车默默开着，去往不知名的城市，去往这个世界的那一边，那里有更广袤的土地，更陌生的土地，更丰饶的土地。江上升腾起暗色的轻雾。雾气越来越浓，裹着江水从远处隐约的温塘峡翻涌而来。在这样的傍晚，听见一声悠长的汽笛，却无法寻见汽笛的来源。远山遮住了太阳的面容，将自己巨大的影子投射到整个城市。天空中的残云充当了阳光的使者，云下，是山顶古塔小小的身躯……

我内心的想象迫使我加快了脚步。我曾到过桥上，那次它没有让我失望。

终于来到了桥上，我还未调匀气息，便发现远山即将隐遁在西边一层又一层的乌云之下。今天的天气并非如我想象的晴朗。桥下是影影绰绰的河岸，从岸边伸出极长的石头堤，斜插入江中，一直到江心，上面有人在嬉戏玩耍。靠对岸的水流显得更深，流速也更快，随时都会有因水下漩涡而使水面有所扰动的情形。

我浑身出汗，因没有午睡而全身乏力，我甚至觉得那汗是由于虚弱导致的虚汗。我以快于平时的速度走着，一方面我要观察风景，即使它并不完美，没有帐篷，没有汽笛，没有塔，没有诗意的浮云充当信使……另一方面，我已仅仅把它当作任务，即使它已没有什么意义。

怎料，江边的蚊子使我后悔继续走的决定。江风吹着我，蚊子则像炮弹撞击着我，我使劲驱赶它们，相形之下，许多路人对蚊虫视而不见，着实让人钦佩。

最终，我无比疲惫地回到家，倒在床上。这是一次失败的尝试，虚掷光阴。我没有安静地欣赏到风景，却浪费了一个小时的看书时间。

现在，那桥还是立在那里，同我去之前一样。但美景，那脑海中的美景却一去不复返了。

也许世上本无美景，有了人，也就有了美景。

# 夕阳下

*Under The Sunset*

夕阳下，我站在路边，等着去学校的巴士。

路边的树叶在渐渐暗淡的天空下显得厚重，树荫在人行道上投下模糊的阴影。街道还未热闹起来，楼下弥漫着炒熟了的菜的香气，耳边是油在锅中沸腾的声音，打破了周围的宁静。

黑暗中闪现若有若无的光亮，这是车灯的痕迹。车上坐满了人，表情看不清楚，大家都凝望着窗外，就像雕像。

车开出一段路，忽然从哪里飘来“太阳出来了”的歌声，那是童声。车上的人开始活动，但没人说话。我站着，望向前面，只剩下倒退的柏油路及路边的树，只听见马达声和逐渐远去的歌声。

这是个什么样的孩子？

曾经在重庆电视台看到对重庆的宣传广告，画面中真的是一轮红日从三峡的群山中升起，映照浩荡东流的江水。四周高耸的群峰只是为了衬托太阳升起时的光芒万丈，气势恢宏。这一切理所当然，顺理成章，没人去细想。

可如今是夕阳！太阳早就将精力消耗殆尽，连它自己——光之源头，也即将沉沦进浩瀚的北海之中，被冻结成冰，人间竟还有这样的歌声：这不合时宜，亦不合情理。

夕阳下，每个人都各怀心事。老人感叹时光流逝、盛时难再，中年人哀怨年华老去，年轻人抱怨工作辛劳；诗人的情感喷涌而出、顾影自怜，司机渴望交班、心情焦躁，工人仍在劳作、月出才息。这世界变得悄无声息。但孩子不顾这些，孩子们只会唱——甚至不在乎周围的环境，不在乎他们嘴中词句的意思。他们只是想这样做——他们遵从自己的内心，遵从自然的召唤。

此时我仿佛想起曾经夕阳下的时光，我曾在夕阳下坐着火车，看过一天的风景，夕阳让我平静，让我重历一天所见，收获颇丰；我也曾在夕阳下坐着汽车，走在乡下，看着江水流淌，看江对面灯光渐渐映亮江面；或者，我只是待在家里，我妈给我吹头发，窗外的树，绿叶繁茂，将微弱的天光裁剪成屑末的存在。

它们好像都离去了，永远地离去了，变得像那孩子的歌声似的，在回忆的长河中漂泊无依——我甚至怀疑，刚才的歌声是真的存在，还是来自过去的什么声音。

然而车子行到河边，窗外的景致开始和回忆中一样了。

我猛然想起初中时的癖好——喜欢到处去走，尤爱江边。如今这景致与当年无异，可那时只是享受晚风的洗礼，何至有今日的感情！

物质真的存在吗？为何时空允许回忆、想象、现实并存，并让它们交织？太阳究竟去了哪儿？它会去北方的大湖吗？夸父又在何方？

车上依旧只剩下轰鸣声，刚才闪现的一点生气又泯灭在黑暗之中——但这并不完全是黑暗，只是被黑暗渗透了而已。可我望着东边山岭的轮廓，我想明天还会有这样的夕阳吧！

夕阳下，我从车上下来，走进学校，写下这篇文章。

# 迷　途

*Lost*

暮色深沉而浓郁，滚滚席卷而来，难以穿透，树林的阴影减弱夕阳的力度，路灯浓重的黄色光线就同稀释了的夕阳光线混合在一起，把眼前的景色都模糊了。

所有的线条都成了乌黑的颜色，电线随意切割天空，把它变成一小块一小块的，笔直的电线杆成了这些片段集合的分界线。

自行车骑得飞快，风吹得我睁不开眼，好像我又添了迎风流泪的毛病，但尽管这样我还是可以用眼角瞥见路边被惊起的鸟群，它们翅膀扇动的节奏和我脚蹬车的节奏合拍了，然后我就真的变成了一只鸟，一只终于可以追赶上它们的鸟。

19:40，最后的光线开始撤退，但我仍身处未名的路段。眼前是一个丁字路口，身后是断头路，左边通向未知的领域，前面被笔直庄严的松柏护卫着，它们表情肃穆，忠于职守，向过往车辆致敬，但它们也挡住我张望的视线，干扰来自落日的方向指引。如此，在这缺乏区分度的迷宫中，我只有通过区分最细微的，用柏油层上那为不同密度的树叶遮盖形成反射光线的色差来分辨方向，但是随着黑暗涌起，这凭据也将无存。

可我不紧张。电话没人接，网络连不上，又怎么样。说不定我正背向 100 码外的家，蹬着踏板义无反顾地远离着它。我想起小学第一次单独回家的经历，一直幻想身后跟着心怀叵测的叔叔，紧锣密鼓地计划着形势恶化之后逃生的最佳路径，奇怪，现在我怎么一点也不担心这样的情况。

事实是，我出游戛然而止的地点离我家真的只有一个街区之隔。我冲下斜坡，连踏板也没踩过。

# 夏天的旋律

*The Summer Melody*

蝉趴在树上,依旧在凄厉地叫着。

但随即这叫声就被雨无情地打断了。

不管怎么说,我现在身处这幢黑洞洞的闷罐房子里,而我家在这幢楼对面的一个急坡上。这里,除了雨声,再无别的声音。走到窗前,雨点从乌灰色的天空密密地斜织进干燥的松林里,一边落,一边还趁着风势飘进屋里,飘到地板上。空中,没有云可言,全部都是白茫茫的一片。天幕愈加黯淡,公园山坡上的丛丛树木就只剩下或俏丽或庄重的影子,舒展着手臂顺风摆动。

现在,我要回家了。

我抓起雨伞和这家人的钥匙,冲出门去。拿着雨伞在楼下站了一会儿,伸手到屋檐外边,顿时就有一粒豆大的雨滴重重摔到手心里，粉碎。我一下把伞撑开，钻到伞下，冲出屋子，接着踮着脚跳过门前的水洼，来到路边。

路边早就成了小溪表演的舞台。半米宽的水道急速地流着水，向下流到下水道里。我把伞夹到脸和肩膀中间，小心翼翼地蹲下来，一只手撑着地，另一只手卷裤脚，然后站起来，几个大步迈到街中央。迎面开来的大货车，满载着货物，一颠一颠地顺着坡滑下来，炸开横卧在路中间的水流，溅起半人高的水花，甩下后退的人们，呼啸而去。

我就这么跨过一条街。

刚踏上人行道，我就听见“哗啦”一声，原先被巨大苍翠的松树树冠托住的水泊一下倾泻到地上，正好在我面前散开。我吓得连忙后退。刚刚被重压的树枝一下弹起，抖了抖身子，像在给我道歉。

我想起那家人的钥匙还在我手里，就折返回去，不料一脚踩在一块被雨水泡得活动起来的地砖上，藏在下面的水立即肆意地溢开，溅到脚上，裹挟着泥沙。

我来到公园，把钥匙扔给正在躲雨的那家人，又急忙往回赶。我这才发现，从坑坑洼洼的公园里满出来的雨水已经在公园前低矮的五节楼梯上形成了一个小小的瀑布，上一阶的水迫不及待地往下赶，形成一条薄薄的白幕，依次这么流，当雨水接触到平地时，一下就散开争着流向低处。

来到家前的陡坡，向上望了望，只看见急速向下的水流。雨丝毫没有变小的意思，我干脆丢开伞，直接向坡上冲。衣服一点点被淋透，鞋子很快被水打湿。不时踩进水坑里，水还会一下子打入袜子里。脸上感觉到冰冷。拐过一个弯，我到家了。

我迅速打开房门，闯进去，把伞扔到地上，使劲甩着脑袋，又把头发上的水顺着发迹甩到地上。

换上干净的衣服，我又看见那些欢腾雀跃的雨了。它们噼里啪啦地拍打着这个世界，我想，它们应该正在为这个夏天做什么祈祷，抑或祭祀。

这就是酣畅淋漓的夏天。也只有这些雨点能够代表每个人心中的夏天。

# 阳光，早上好

## *Sunshine, Good Morning*

水泥路面反射出白花花的光线，把站在上边的人烤得够呛。树叶耷拉下来，风无力地拂过，随后而来的就是更加灼人的热浪。

这种天气里，每个人都恨不得拉片云来遮遮太阳，但是望望空中连一缕云丝都没有，天空湛蓝得透明。太阳不知疲倦地烘烤着大地，蝉趴在树上迎合着太阳，其他就再听不见什么声音。

今天早上，可不是这样的。

我晕晕乎乎地从床上爬起来，晃晃脑袋，然后望了望窗外。外面已经开始亮起来。我走到阳台上，猜测着东方的情景。

拨开窗帘，眼前豁然开朗，今天是我起得最早的一天，看看表，6:01，东边在天际线上已经开始泛红，是红彤彤的颜色，而在天际线下边，还是起伏连绵的山体，依旧是一片黑暗。山影与光影形成一道优美的边界线。而红色的区域毕竟还是太薄了。在被染红的天空上边，还堵着一堆云，这些云还是黑的，只有一个影子，有些还与山连成一片。在云的上边，天是白的，再往西边走，天依旧是深邃的，还能看见淡白的月亮。房子的影子，悬在一块黑洞洞的陆地上。

眼睛刚从西边移到东边，就发现云已经被捏碎了，有几条云丝好像被镀上了金子，但还只是几丝，大一些的云块还固执地坚守着自己的本色。

又过了几分钟，天边的红色越来越鲜艳，地盘也越来越大，再看云，整个天空的云都被镶上了金边，闪亮得耀眼。

山的轮廓愈发明显，这时的几缕薄云早就被驱赶到天空正中了，好像太阳还像个大官，要仪仗队为它清理道路一样。现在已经畅通无阻了。

也就是一眨眼的工夫，太阳一下跃到了山头上，一下子从西边一幢高楼避雷针的铁杆处，见到了粼粼的金光，再看太阳还躲在树与树细细的间隔处。在太阳照耀下纤细的树干的影子都显得十分显眼。

我哥拿手一指:“看!”顺着他的手望去,在山头与山头之间的凹陷处,透过一缕金光,像探照灯一样向河边照去,霎时,河对岸浅色的、深色的房子,全部都被染上了一层亮色。

太阳涨红了脸一下跳到了空中,屋子里到处都洋溢着太阳热情的光线。我们也想趁这个太阳难得温柔的时候舒展一下刚苏醒的身子,于是一家人排坐在太阳光下,对着太阳的笑脸伸懒腰,打呵欠。

太阳伴随人们紧张的生活,像一壶即将烧开的水,呲呲冒着热气,让人不得不接受它的催促,像太阳一样向这个社会播撒光和热。

太阳,早安!

阳光,早上好!

# 春天里的回忆

## *Spring Memoir*

重庆没有太明丽的春天，一切都是从灰蒙蒙的天地之间挣脱出来的。傍晚夕阳也没显得特别沉甸甸的样子。天空淡蓝中又大块地泛着白。我站在窗边。今天是周日，周末又浑浑噩噩地过去了，没留下太多刻骨铭心的记忆。其实我觉得春天多是如此。春困嘛，仿佛没有什么可以震颤我这麻木的神经。

夜幕快要降临，上灯了，城市开始披上神秘的闪亮外衣。房间中充满油烟味，而我走进厨房，因为百无聊赖，便与阿姨聊起天来。她一边炒着菜，一边抱怨着菜价，然后又回忆起她小时候的伙食，大发了好一阵感慨。最后她说："其实现在正是所谓'青黄不接'的时节，懒人们都在'伤春'呢！"

噢！感情“伤春”是打这儿来的！其实无非是说破落户们总会在此时怀念曾经的美好时光，阿姨羡慕我们这代人，至少可以有地儿安家。

但我却不由自主想到那首老歌“这迷迷糊糊的童年……”的确，对于他们而言，回忆是刻骨铭心的，但对我们而言，至少在现在，回忆是模糊的。

前两天我回了九年前的家。我仅仅在门外逗留了一下，就离开了，拍了一些毫无美感可言的照片，心头也不像某些类似桥段中常描述的那样澎湃。是过了太久的缘故，还是离开的时候太小？现在我只记得一些细碎的生活片段了。

我以前的家在二楼，属于靠近大地，又挨不着的类型，结果就是没有所谓“地气”，又被窗边大树挡住阳光。妈妈曾极度厌恶这样的环境，但后来也就习惯了。茂密的大树将枝杈伸进窗来。洗完头后我坐在阳台看书，任夕阳将被树叶剪碎的影子投到书页上；晚风吹动树梢，发出沙沙的响声，与翻书时的窸窣声相谱成曲，而妈妈则在我身后帮我吹干头发……柔和的光线让鸟儿昏昏欲睡，春天用温柔的手臂拥抱着这个世界。这一切都是被柔化了的记忆，就像一段电影胶片。

但我终究离开了那里，那里租给了大学生，九年了，大学生也来了第三届了，而我永远不会再回那里。即使春天每年都来，那里也不再属于我。

我悲伤吗？或许有点。但我仍无法忘记妈妈搬出老屋时兴奋的神情。是老屋太坏，还是她完成了多年的夙愿？也许搬出对我也是好事，因为我不会记住老屋的坏，仅仅会去怀念它，就像现在这样。如此，于我也是再好不过。人总是要漂泊，就像许多人哀叹自己是“劳碌命”一样，幸福与否，不在于时下如何，而在于心中是否储蓄了足够多美丽的记忆，以及从这些记忆中迸溅出来的对现在的珍惜和面对未来的勇气。

# 回　家

*Go Home*

回不去的事叫作过去,回不去的地方叫作故乡。

这便是我们最初对于回家的理解。回家对于幼儿园的孩子们来讲,只是妈妈的怀抱,温暖的被窝;对于未谙人事的少年来说是学校疯打了一天之后免不了的“男女混双”,对于游子而言则是那可望而不可即的梦。似乎回家本就是如此。

可是,真的只有这样了吗?不,许多人告诉我们,并不是这样。

或许家可以抽象为我们的精神家园,回家便是对自己的精神洗礼。

《名人传》中对列夫·托尔斯泰生命历程的最后一段描述是最动人的。

现在，列夫·托尔斯泰终于逃出了那个困住了他的家。他曾给他的妻子念年轻时的情诗，他们两人相拥而泣，回想那段激情四射的年华，托尔斯泰仿佛又找回了年轻时风华正茂、意气风发的自己。

现在，他逃到了远离城市的地方，没有到处捕风捉影的记者，没有四处慕名而来的追随者，没有教会围追堵截。现在，只有他自己，像一个越狱成功的死刑犯，又像一个自由自在的平凡农夫。眼前满是冬季的萧瑟，但他的心中却充满了春天般的温暖。他的心中满是回家的欢乐，不是名义上的家，而是回归了属于自己的精神世界。我们宁愿相信，那个边远的小车站正是他开往自己人性光辉和幸福世界的列车起点站，他回到了属于自己的家。

在托尔斯泰几百年之前的东方，还有另一个人，他的身世没有托尔斯泰那么显赫，也不曾在世界史上留有如此光辉的形象，但他成了中华文化不可分割的一部分，他是苏轼。

早年的苏轼专注于考试、应酬，有时耽于想象，但当他从云端跌落到谷底的时候，也正是他开始思考的时候。在赤壁之下他“愀然”过，在承天寺他感叹过，可是哀叹于事无补，所以我们才有幸见到另一个苏轼，他是探寻到了自己“回家”的路的苏轼，他的任所越来越偏僻，从黄州到惠州再到儋州，可他的佳作却越来越多，敬仰他的文人越来越多，他不再哀伤，而是极力挖掘自己内心深处的坚强。他乐观起来，发现自己文学的成功源于官场的失败。所以他找准了自己的方向，也找到了自己的精神家园。他认为自己一生功业便是黄州、惠州、儋州。晚年他写《江城子》时，仍希望为朝廷效力，但更多的，则是对自己的自信，他也找到了属于自己的生活方式。

所以，也许你天天坐着从学校或公司到家中的车，或许最近的铁路提速让你的家乡不再遥远，甚至对祖国望眼欲穿的海外华侨，一个电话可以体味老家过年包饺子的香味。

但是，你找到了属于你的心灵家园了吗？我们每个人都在找它，它是那么的缥缈，以至于你无法感受，但它是你潜在的精神寄托，是你记忆深处无法抹去的一束光亮。

沿着那束光线走吧！我们每个人都走在回家的路上。

第二篇

# 眼睛与色彩

*Eyes and Colors*

# 眼睛与色彩

*Eyes and Colors*

每个人都有一双黑色的眼睛,却不一定都去寻找光明。只有那一小部分人,想用多彩的世界将黑色的眼眸点亮。

我们所看见的世界是五彩缤纷的,一切的颜色都与眼睛有关。有多事之人做了一个调查,发现人们做梦的色彩与其所看电视的类型有关:电视是彩色的,那梦也是彩色的;电视是黑白的,梦也是黑白的……这个百无聊赖的英国人就得出这样一个无聊的结果,却忽略了一点:那些没有电视看的人,难道不做梦了吗?

所以,电视只是一种展示的方式,真正不同的是做梦者的内心状况。也许看彩电的人,从小生活富裕,悠闲自在,投射在眼中的从来都是花花绿绿的世界;而看黑白电视的人，从小只能看见饿殍遍地，哀鸿遍野，以及青黄不接的年景，所以才有了那有如胶卷底片一样沧桑的梦境，原因还是不想眼见那易子而食的惨状。时代在不同年代人的心里留下了不同的烙印，也赋予他们不同的人生轨迹，不同的性格。

因此，眼睛于人是不可或缺的。还记得前几年的那个公益广告吗？希望工程中那双打动了许多人的大眼睛，配上黑白的底色，显得无奈而令人心疼。我们只希望，她的眼睛可以一直看到山林的青翠，溪涧的清澈，看到朴素的乡风带给人的笑脸。而不是落满灰尘的树叶，行走忙碌的人们和一张张冷漠的面孔。当我们路过街边的宣传画，路过这双大眼睛，我们应该感受到纯正的人性带来的放松和感动，感动于一双稚嫩的眼睛中看到的对未来的渴望。

我们不敢想象，失去眼睛的我们会怎么样。是让心灵成为一片黑暗的森林，还是让心灵成为世界上最明亮的地方呢？

一位老人走在雅典的街上，随口吟诵着美妙的诗歌。他脚步蹒跚，但步伐坚定有力，眼睛无法睁开，却无碍他的行动。他就是荷马,为古希腊带来最初思想曙光的人。尽管他闭着眼,却引导着无数人睁开了眼,看见了洒满阳光的大地。

如果一个人无法看到色彩,却可以让其他人发现色彩,那么,他已经让色彩将眼睛点亮了。

如果一个人可以看见色彩,却不懂得去体悟它,那么,他只能置身于无边的乏味中,不可自拔。

眼睛与色彩,不一定相互依赖。没有色彩,眼睛也就失去了价值,但没有了眼睛,色彩却可以叩开原本阴暗的心房。

心情也有颜色。愉悦是近似于阳光的淡黄,忧郁是偏黑的蓝,宁静的心情是天蓝,而悲伤是水泥的灰色。这些也许都是一些玩笑,却生动反映出了这些心情所带给我们的感觉,正如这些颜色带给我们的感觉一样。

不过即使这些心情有些好有些坏,却都是不可或缺的。如果没有悲伤做陪衬,就不会凸显快乐的弥足珍贵。自然之中,有很多颜色,它们也都是相辅相成的,缺一不可,但过多的某种颜色,却会破坏这一切。

与这有关的,也许是普希金,他一边写着《假如生活欺骗了你》,鼓舞人们相信生活,相信未来,一边却意气用事,死于决斗。实在让人难以相信,这首脍炙人口的劝诫诗的作者,却用这种方式结束了自己的生命。或许他在文学中,看见的都是自己的荣耀,转过身就成了一片黑暗。

眼睛只是看见了表层的色彩,内心的色彩才是人心中的多彩,但千万记住,不能打翻了调色盘。

# 秋天的声音

*Sound of The Fall*

从屋顶的某个方位传来鸟儿的叫声，凉风从窗户溜进来。从人们身上、面前肆无忌惮、堂而皇之地走过、跑过，而加了秋装的同学们却浑然不觉。

秋天的确已经来了，不信你可以听听夜晚的雨声，不再是高亢有力的交响乐，更像辗转低回的催眠曲。这就是秋天的性格吗？自古以来，悲秋者胜过贺秋者，悲秋仿佛变成了一种固定的模式，纵有黄叶装点世界，也不过是变灰暗之前最后的绚烂。所有这些，不仅是由视觉，更是由听觉带给我们的体验，秋天的声音，比其他时节更有魅力，也正是淡淡的忧伤增添了这份魅力。

雁声！雁声是秋天最让人印象深刻的声音，你也许不曾在低低的云层缝隙之间看到过大雁的队列，却一定听过风中若有若无的雁声。此刻,大雁们在世界的某一处奋力飞翔,向大地洒落秋天到来的讯息。又或许,你是在月夜听到雁声的——中秋夜。你想让大雁帮你捎个口信,哪怕你明知它们不懂人类的语言。没关系,雁声表明了一切。大雁朝着月亮飞去,在大地上留下淡淡的月影,那就是无尽思念到达过的地方,在村庄、平原、山顶、河流都留下了声音,那就是最先迎来黎明的地方。

风声!谁说风没有声音?风从门缝溜进屋中,就像吹起了长笛。风从树林穿过,轻触树叶,惊起山中的鸟儿——这一切都让风具有了声音。

但秋天不都是自然的舞台,有许多人类的声音,也可以代表秋天。

迷蒙的江对岸,烟囱正不紧不慢地吐出白烟,而我也听见他低沉的呼吸声。烟尘弥漫在江岸,模糊了视线,给萧瑟的秋天平添了寒意。

坐在乡间巴士上,在傍晚穿过一片荒地,车厢内鸦雀无声,只有引擎轰鸣。窗外是逐渐黯淡的天空,变成各种奇怪形状的群山的脊梁。我默默坐在靠窗的座位上,眼前所见的一切共同奏响一首曲子,来代表这个秋天。

在一首又一首的曲子中，我们走过一个又一个秋天。

时间真的可以重来吗？如果可以，那回忆还会变得那么珍贵，思念还会那么真切吗？分别还可以在心中荡起哪怕小小的波澜吗？到那时，雁声、风声、烟囱的声音、引擎的声音，还会激起人们的共鸣吗？我想不会了。一切都可以重来，一切都从未发生过，人也就无所谓人了。

心灵就像留声机，时间是放在上面的唱片。在一个古色古香、清幽宁静的屋子里，留声机奏响深邃而悠扬的乐章，而秋天是其中最美的一段。

# 夕阳红了

*Sunset Turning Red*

我难以忘怀的，是大漠的夕阳。

火车行走在戈壁滩上，夕阳将天空染成金色，地平线清晰可见，地平线以下便是茫茫的沙地。现在，这些沙地已经浸透了夜晚的黑暗，而夕阳也正一点点被黑暗吞没，夕阳消失之时，天空将很快与大地融为一体。

两年之前的初夏，也是在大概同一时刻，趁下课时间与同学到夕阳红广场上“放空”。暮色四合，只有闪烁的河对面的灯光与身后教学楼明亮的灯光，映照着四周模糊的景物，刮起让人心醉的凉风。周围那么安静，没有四处回荡的笔尖滑动的声音，没有翻动书页的声音——只有风声，空旷的风声。同学说：“早点出来就好了。”我说：“早点出来也许还能看见红色的夕阳照着夕阳红广场红色的地砖！”

现在，一切都已经过去，但好像仍近在眼前。这些也许早就铭刻于我的内心，以至于我的耳畔还是那旷野的风声。

可是，我又怎么会相信，就连“青春”也要远走了呢！

当上课时老师提及“青春”，我们习惯性地报以不屑，直到我们真正意识到青春就要远走——在一幕幕夕阳盛景中，在一张张由金黄色渲染的画布中，以及一缕缕由窗户透进的傍晚，大自然自由而深沉的呼吸里。

我们仍心有不甘。我们还有太多梦想没有实现，太多欢乐没有给他人分享，太多过去的片段都流失到了未知的国度……现在，“青春”还剩下不到两年了，而我们，又留下了什么？我想，应该还是有成长吧！成长的标记，非要是十八岁吗？

初中就曾学过《爸爸的花儿落了》。林海音也许是一夜之间便长大了吧！《社戏》中的鲁迅，是在去看社戏的途中，在豆麦与蕴藻的香气中长大的，而《故乡》中闰土让鲁迅成长。

所以并非十八岁让人成长，抑或十八岁不是成长的标志。成长的话题本身十分沉重,也不是十八岁可以承担的。

我眼前又出现了大漠之上的夕阳。现在它已经快要消失在天边。列车还在不停地行驶,将无垠的荒漠抛在脑后,又奔向前方无垠的荒漠。这是我的旅程,我的孤独之旅。

# 月　光

*Moon Light*

曾写过许多次月光，可是到头来自己满意的却没有。是写作时没有做到心无杂念，还是语言功底不到家呢？

最近看了不同风格的文章，从培根到梁实秋，再到今天看的莫泊桑，脑袋中也算是越来越迷糊了，因为答案越发不清晰起来。

莫泊桑写了月光，用月光去烘托爱情。似乎正是撩人的时节，在月下与爱人在河边散步，吹着冰凉的风，看着如明镜一样反射清辉的水面，听听（尤其是夏天）晚风吹动树叶发出的声音，耳边传来渺远的犬吠，……这种情境怎不叫人心醉。此时整个世界只剩下两个人，可以互诉衷肠，话语伴随着风声和树叶声回荡在空旷的河面上，又是多么让人感动！

但大多数人没有这个福分，而我也渐渐减少了站在窗边感受夜空的时间。这并不完全是因为冷，而是失去了那样的兴致。只有心中有所挂念，人才可以安心地做事。自然，这挂念应该是如清风细雨一般微弱、清澈而绵长的，而非血色残阳或夜半雷声那样突兀乃至令人心悸。

我想起苏轼承天寺的夜游。他寻找到一种超脱物外的情感。可他身无挂碍吗？似乎也不是，字里行间不也透出一丝惆怅么，他心中也是有所挂念的吧！是他内心的追求引领他体悟了月光，而追求应该也成为一种挂念。

讲到月光，还有一点不得不提，就是我时常会想起《核舟记》，大概是因为核舟上刻着《赤壁赋》文句的缘故吧！可我为何觉得《核舟记》的行文也带有月光的气息呢？

现在想来，月光也算是老朋友了：《故乡》和《荷塘月色》里的月光，加上莫泊桑的这篇。但我写月光却从未尽自己的意致，以至于2010年冬天那次在江西的"月光旅途"，也因化成两篇冗长而乏味的文章而让人叹息，甚至觉得自己有些暴殄天物(不知是否用得恰当)了。

# 大河之舞

## ——《苏东坡突围》有感

## *Dance of The Grand River*

还记得去年暑假时候背的那篇《前赤壁赋》，至今仍记忆犹新："清风徐来，水波不兴……少焉，月出于东山之上，徘徊于斗牛之间，白露横江，水光接天，纵一苇之所如，凌万顷之茫然……"外公最喜欢这篇文章，每天都会诵上一两句。当时我正在为背诵它而苦恼，外公说："想象苏先生端坐于月下江上的情景，你就会背了。"

苏轼本身就是一个作家命，但他远大的志向驱使他赶往全国的政治中心。当他被驱赶出都城时，当他心中充满惆怅哀伤之时，正是他诗兴大发的时候，他的人生巅峰就是在这里——黄州，他在这里奉献了自己的生命和灵魂。

黄州似乎还萦绕着另一个神话——赤壁之战。当苏东坡来到当年战火纷飞、刀兵相见的战场，即使这战场的真伪仍存疑，他回想起自己跌宕的生涯，仍不由得唏嘘哀叹，当年的人物早已故去，战火已经熄灭，甚至连战争双方的国家都已灭亡多时，他想起现在自己的处境，依旧觉得悲哀。其实自己正参与权力与政治的战争中，而且不幸战败，沦落到这个偏僻的地方，这不得不让他重新审视自己，不得不将自己的灵魂暂时寄托于大江——轰轰烈烈的长江，让长江抚慰着自己的心灵奔向大海。

长江承载了太多的人生，不管是李白的“思君不见下渝州”，还是郦道元的“属引凄异，空谷传响”，要么深情脉脉地盼望友人归来，要么心境凄凉感伤。此刻，它又和苏轼融为一体，帮助苏轼走出人生和心理的低谷，冲出重围，看透自然与人生。

其实中国的河不在少数，“智者乐水”，水流纯净而清澈。早在两千五百年前的泗水之滨，孔子就和他的弟子们欣赏水，剖析水，与水嬉戏，同时与水一起突破人生的重围。当他身陷陈蔡边境的危局之时，当他的弟子颜回英年早逝时，他应该也想到过放弃吧！然而，他却一次又一次地坚持过来了，他依旧乐观地听着音乐。然后“三月不知肉味”,依旧与弟子们开着无伤大雅的玩笑。泗水,造就了可爱的孔子。

公元前356年,秦国进行了变法。之后,一支强悍无人能敌的军队杀出潼关,挺进中原。公元前221年,终于统一天下,史书上说他们在战场上赤膊披发,“秦人皆以战为荣”:“岂曰无衣,与子同袍。”像这样的英武之师,又如何不所向披靡?正是渭水灌溉了富饶的关中平原,正是陕北高原被黄河水腐蚀得纵横的沟壑,孕育了一代又一代的敢死之士,一批又一批英雄儿女,豪放不羁。

……

古代乌烟瘴气的贵州,缓缓流淌着一条静谧的河流,成为黔东一条秀丽的丝带。夜郎国,在河边建立都城。汉朝,唐朝,一代代豪杰辈出的王朝在这里建立要塞。这些城堡,成为丝带上镶嵌的一颗颗耀眼的宝石。舞阳河,穿行在黔地高耸入云的崇山峻岭间。施秉、镇远、王朝守卫边疆的城堡,边防的心脏,全都以舞阳河为母亲。镇远古城,环绕在舞阳河两岸,大山拥抱着这个难得的平地,山坡上古老的民居,静静地遥望青蓝色的河流,熙熙攘攘的人群,在小街上流淌……

再向北望,秦岭裂开一条口子,列车在旁边穿行。这里是汉水谷地,时近黄昏,正值夏暮,日光毫无保留地倾泻在水面,倾泻在山腰,水的波纹褶皱,将阳光分割成几块,铁轨反射的光直晃人眼。此时,如若驾着小舟,向江面撒下圆圆的网,唱着淳朴的渔歌,望着夕阳下的家和曲折蜿蜒的山谷,该是多么惬意!人心将会在这里融化。

河流,不需要轰轰烈烈,宽广浩荡。只要可以带着人走向自己想要达到的境界即可,正如苏东坡的突围,叮叮咚咚的河流之声,奏响了生命的乐章。所有这些,正是动人心魄的大河之舞。

# 美丽的日子

*Beautiful Days*

万家灯火点燃之时，天还没有黑，但慵懒的空气已经四下弥漫开来，让人们坚信夜晚的城市变成了另一个样子。大多数的日子里，树叶不会反射月光的清辉，只会遮挡路灯的光线，使得道路变成了一个个闪动着的光圈，排列成了黄色地带。这样的时刻，神秘感浸润了每一根神经，每一个汗腺，每一根血管。

在黑色完全笼罩了大地之后，走在僻静的大街上，有灯比没灯更让人心虚。灯是人类文明的足迹，可现在，人都到哪里去了？当你匆忙赶回家，打开灯、电视、电脑、收音机，尽量发出声音，以驱散刚才出离寂静带给你的那些微妙感觉，却没注意到，这时你在一片深邃厚重的安静中制造出了这些响动，又该是多么孤独。

黑夜，尤其是深夜中走在街上的人，大多互相心知肚明，在看似平静之下，实则暗流涌动。黑夜使人与人之间的交流疏远了，视线迷失了，隔着厚厚的却又透明的障碍，那是建立在心灵深处的护卫、抵触和反抗。

但我仍然要说，这是美丽的日子。

经过一天的喧闹，这一天已经尘埃落定，不论你努力与否，它已经过去，也已经不复存在。它是人面对新生时的临界点。黑色是黏稠的，却也可以澄澈透明，就像滴在清水中的墨汁。水终究会全部变黑，可在变黑前的一段时间，是属于白与黑共同的舞蹈，交错流连，就像广告中表现的那样。

曾在夜晚十一点路过欧文门口，看见地上横七竖八躺着许多搭广告用的白色钢架，还有一些棚布，胡乱折叠起来，搭在钢架上。一些年轻人端着方便面，坐在钢架上，佝着背、低着头，右手筷子快速地搅动着，再把嘴凑到方便面桶边贪婪地吸食着。而五个小时之前，我在火锅店大快朵颐，吃着肥肠，喝着饮料，与人谈天。

生活应该是对他们不公了吧！竟至我这样的路人也为他们感到可惜和悲伤。他们白天活在别人的世界里，看他人脸色行事。他们那些不寂寞的时光不属于自己。他们的脸只是被别人匆匆一瞥，很快就消散了，再也无法凝聚起来。而属于他们自己的时光却太过短暂，而且除了路人没人为他们叹息。

但我仍然要说，这是美丽的日子。

回到家，阿姨去打麻将，留下被风吹得冷得发抖的电灯，窗户被吹着呜呜叫。我窝在卧室看书。夜晚既已如此安静，何不参与其中？阿姨去寻求她的热闹去了。那里比这里亮，比这里暖，比这里热闹。而我，这是属于我一个人的家了。我想，这可真是双赢啊！

看！多美丽的日子！

行人总会安顿下来，钢架上的人总会回家，我总会睡觉。

一切都忙完之后，迎接的该是新生。

当阿姨红着眼回家向我聊起昨夜通宵厮杀的成果时，我有理由对她说："瞧！这是全新的我了！而你，却还活在昨天。"

我想起先秦的隐士。狂放不羁、直率坦荡，他们的每时每刻莫不美好——至少对他们而言是美好的。正如惠子所说："子非鱼，焉知鱼之乐？"子非我，安知我之乐？

# 乱 离

*Torn Apart*

我在谷歌地球上找寻那五公里的终点找了五遍，它消失了。我们走过的踪迹变成一个夸张的半圆，直径是五公里。

每次出去玩都像是最后一次，运动会的时候是最后一次，阆中市是最后一次，金刀峡又是最后一次。抒情太多就变得矫情，我自己都有点受不了。

或者是想让我抒情五遍吧，还要去育才，还要回老家。刚好五遍，就像我被剪成五片，折成五艘军舰，然后我坐在岸边看它们沉没，恰如我意。

中国西部的山都很像——我是说，民居，绿意，还有夕阳。感觉就是昨日重现，阳光被溪流割碎，随波逐流。溪流从山中来，你不知道是什么泉眼，或者是哪里的暗河,它就这样来,你也不知道它去哪里。你可以说,谷歌地球上显示的,最后就是流入那个水库,或者是那条江,最后是那片海。但是我说不是的,最后它又会回来,还是回到原来的小溪,就像鲑鱼,鲑鱼回到家乡就是为了去死,仅仅是它还想回到家乡。还有人。你不知道集会时候的那么多人是从哪里钻出来的,最后他们又凭空消失了,一点痕迹也没有,你甚至怀疑是不是有那么一群人。

最后,我们三个,我们四十二个,是不是会消失?这样,我写下这篇文章还有意义吗?

究竟什么才具有永恒的真义?

# 从手机想到的点滴

*Thoughts about Mobile Phones*

我左手按着《培根随笔》，右手拿着手机，眼睛盯着屏幕，脑中想着斯多葛学派的主张和程朱理学的关系与不同。然后，我放下手机，把发现写到书上。再然后，觉得手中空落落的，我再次拿起手机上网，这次可不是查资料了，心中却想着：待会儿看书，只有二十几分钟了！

过了一会儿，已是七点三十几分，放下手机，看到书上密密麻麻的文字，刚才的情绪又爆发出来，已经看了二三十分钟够了，休息一下吧！刚才的思索就断了线。

由此看来，手机可谓是一个专业杀手，谋杀对象是人，尤其是年轻人的时间、精神和对实际问题、有意义知识的专注程度。事实上，我倒认为可当作一个寻求更刺激心理感受的过程。

书籍在点油灯、放牛羊的年代，对有的人来讲简直是梦寐以求的珍宝；书中有无数未解的谜，有无数变换着的人与物，引得穷孩子们如饥似渴地阅读，他们在书中寻找愉悦与快感；书中有异于他们每天面对的草地、牛羊、木屋的世界；书向他们伸出的是友好的手。

可是有些人，有了手机就嫌弃书籍，因为书里的问题既艰深又难懂，还耗时耗力。尤其看那些穷文人尖酸的语言，远不如手机上的一首歌、网络上一段搞笑的段子来得实在。也有人觉得看书无法立即见效，费神费力令人痛苦，还不如在手机上找乐子，“放松一下”！

许多人难以理解嗜书如命的人，废寝忘食，全凭自己的兴趣而非任务看书的行为。我想也许他们是出于书香门第，是家庭熏陶，使他们习惯地看书，应不会是为了消遣吧！

手机代表新的，给人方便，促进人类社会进步的因素；若这一因素运用恰当，它给人的应是便利、智慧与健康发展。这一发展加速了“书”蜕变为“手机”的过程。但当它过了头，到了不可控制时，就成了阻碍发展的力量；正如人们在空调下失去了耐热力，在书桌旁无法长途跋涉;有了电子邮箱,就不再写更显诚意的书信似的。人们追求便捷,不要变成追求在偷懒过程中获得快感。

# 责任与使命

## *Responsibility and Mission*

在南极的冰雪荒漠中，有几个艰难前行的人，像几粒在白色的天地中倔强前行的黑色沙粒，带头的人名叫斯科特。他们肩负伟大的使命，到达南极点。可是，当他们看见那里有人留下的痕迹，他们又不得不折返，带着辜负千万国民愿望的愧怍回到大本营。

然而南极不允许有人不费代价便安全返回。最后，他们全部死在冰天雪地中，尸体直到南极的春天来到才被人发现。

他们的所作所为真的值吗？难道尽职尽责真的要付出如此大的代价吗？

我们先不着急下结论，看看古人们都是怎么说的。

曹刿面对他人劝阻说："肉食者鄙，未能远谋。"于是主动要见庄公，是为了尽自己臣民的本分，为国家分忧。韩愈面对宪宗狂热的迎佛骨行为，义正词严，不畏不惧，即使被贬潮阳，依旧大义凛然，说出了"欲为圣明除弊事，肯将衰朽惜残年"这样令人荡气回肠的话语。他也为自己的职责而宁可舍弃性命。他们为我们做了足够好的表率。或许他们刚开始履行自己的职责时，是那么不情愿，可他们马上专注其中。自己有什么样的身份，就该履行什么义务，承担什么责任，肩负什么使命，因而他们自己在岗位上做出的是一件件令后人称赞的光辉事迹——因为他们对自己的事业情有独钟。

现在，让我们再来回想斯科特的事迹，发现他最后几天是那么危险，却又那么充实。没错，他们是不幸的。一个又一个贮藏点让他们一次次燃起希望，又一次次破灭。恐惧笼罩着这个团队，有人出现幻觉，有人为了不拖后腿选择自杀。他临死时将遗书上"我的妻子"改为"我的遗孀"也是他绝望心理的写照。

可是他为自己的事业而战斗到底了。他完成了自己的使命，并且获得了后人的肯定。教堂中英国国王跪下来纪念逝去的英雄，纪念那几颗已停止跳动的曾为事业而勇敢奋斗的心。

因此，永远不要贬损他人的事业，更不要用自己的心去揣测他人对待事业的态度。不在其位，不谋其政，更不能感受到他人对这个事业的热爱。那是一种基本的操守，对自己所从事事业最庄重的宣誓。如同无数平凡人一样，你在仰望他人成绩时，是否注意到自己手边正在发生的事情？是否努力去完成自己未竟的事业？以后，当他人赞扬某人时，我希望听见的不是浮夸，不是阿谀，而是——“他对自己的事业多么情有独钟”。

# 法治与道德

## ——读《酷吏列传序》后

## *Law and Morality*

汉代的司马迁认为，正是因为政令太过严苛，才导致犯罪行为的大量出现，从而引出治理要用“德”而非“法”的观点。

我并不完全反对这一观点，只是认为有些地方需要做一些解释。

究竟是先有犯罪还是先有法律呢？

我们刚从母系氏族社会转变成父系氏族社会时，一切都看似如此和谐，但不久便有了等级，有了服从。其实这也是一种必然的进步。一个快速发展的社会必定要有人来领导，有人做工作。

秦国或许是一个好的例子。严苛的法律使秦国迅速成长，而那时缺乏“德”的管理，依然使社会井井有条，又如何解释呢?

刘邦攻入关中,与百姓约法三章,去繁就简,深受百姓爱戴,可以算是有“德”的了,按照常理,这种德治若是持续下去岂不更好!可后来为何要增添许许多多新法呢?

法律是因为犯罪才出现,倘若没有犯罪,要法律何用?换句话说,所谓“法治”的基础仍是“德治”。在天下刚刚安定时,所有人都思念和平的生活,厌恶战乱,连小偷强盗也无法与此时民族的强大向心力抗衡。不论是否真的改邪归正,他们惧于此时社会的良好氛围,不敢轻举妄动。

天长日久,人们开始习惯平静,习惯了纸醉金迷,便不再坚守自己曾经的人生信条。许多人开始默契地腐化,又有另一部分人默契地坚守。“德治”时代开始走远,法律只好出场。宽松的社会环境滋长了犯罪,但过于严苛的环境又逼出了犯罪——同样是犯罪,性质却不同。前者是堕落,后者却像英雄——至少他们是值得我们同情的。而我们对于后者的同情,难道不也是被“逼”出来的吗?虽然后者是犯罪,但似乎不违背道德的定义。他们为了反抗欺压,不得不违抗欺压者制定的用来欺压人的法。

所以我可以说,并非所有犯罪都是因为严厉的法。相反,正是因为先前宽松的法律,使得法律不像法,而更像是小孩子过家家的游戏,是像可以随便践踏的废纸。我们先前的德治创造了几十年欣欣向荣的局面,却无法阻止法律权威性的下降。“潜规则”摧残着法律的公信力,“人性化”践踏法律的尊严。要德治?先以法治为基础吧!否则,当法律不被遵守,当“执法必严”沦为他人笑柄,那再严苛的法律又有何用?只会给人造成法治误国的假象。

法律,你明明是严厉的父亲,却想去当慈爱的母亲。

法律,我们需要你凌驾于任何人之上,这是你的职责,而非你的荣誉,更不是你可以拿到政治课上炫耀的资本。

# 过年与请客

*Spring Festival and Treating Guests*

今天读到梁实秋的《请客》,恰巧昨天表哥向我抱怨拜年的客人太多,应付不过来。于是我便自然将二者联系了起来。

春节的来历我该不用多说,春晚都已经讲过了。王安石说:"千门万户曈曈日,总把新桃换旧符。"好像过了年,世界和他自己都焕然一新似的。

记得两年前寒假回家时家中没什么人,一片寂静,罩在沙发上的塑料布蒙上了厚厚的灰尘,一抖直呛人,而布下的沙发像新的一样——尽管它已有三年历史。家里的一切如初:吃饭仍用那八仙桌,坐着没靠背的蓝色塑料凳或是旧式的长凳。端上来的菜被装在掉了漆的碗中。那碗没有任何花纹装饰,更像是旧时职工食堂自带的黄色的碗。碗中的菜黑乎乎地纠结在一起，一打听才知道这是肉，那是青菜，也不知成了多少微生物的温床！最常见的是霉干菜和咸菜，且最受欢迎。这些菜每次都会迎来哥哥一阵小小的喝彩。白饭多得让人发怵，这对我而言简直不可忍受。我赶紧吃完，然后跑开。最后有人开始抱怨："你让弄肉，弄了又不吃，可惜钱了呗！再这样下去这肉可就坏了！"

渐渐地，人们不再空手回家，总拎着大包小包，用黑色塑料袋装着许多东西。这时我经常在饭后摸到藏匿宝藏的地点，在里面胡吃海塞，补充我失去的热量。

又几天之后，一个早晨，沙发上的塑料布被揭去了，取而代之的是红色的布，上面织着青松白鹤鸳鸯之类的图案，当窗帘也许更合适。

鞭炮响了一夜。第二天就有人来了，除了吃主人家的，也会出点血意思意思，然后他们的孩子就心安理得地霸占一切。小的以哭闹吸引大人注意力，大点的掌控遥控器和鼠标，然后寻找同龄人作为自己志同道合的朋友，向他们炫耀自己的游戏等级如何的高，或自己眼界是如何开阔，广泛涉猎各类电视节目。大人们谈天说地，话题一般是同事多么可恶，上级多么无赖，自己面对困难如何坚韧不拔等，偶尔也对他人的奇遇表达赞赏和钦佩。

最后，人们自觉地坐到位置上——这倒不像梁实秋所描述的抢位置的场面，也许是过年，大家都放宽心吧！只有几位“瘾君子”流连于网络。而我想坐在他们位置上时，却被告知主人须与客人同甘共苦。

这次的餐桌不再是八仙桌，而是圆桌——在八仙桌上放一个转盘，再把圆桌放在转盘上。这下可以多坐许多人了。每个义乌家庭几乎都有这套设备，应该是专为过年准备的。过年嘛！就该图个热闹。

菜品也不赖，凉菜都是超市加工现卖，装在盒子里。糖果、开心果、花生，装在“八宝盒”里，属于开胃零食(也有人吃多瓜子而不想吃饭的)。热菜六样凉菜四样还有汤，每个人发一个卤鸡蛋。孩子们总算做了件好事——把鸡蛋全留给主人家，具体来说是我，而这也是我吃到的唯一热菜。

一切如剧本所说，主人给客人打了牙祭，客人就该给主人面子，并暗示同志工作辛苦，明年接着来。

最后，人人心有灵犀。客厅安静下来了，我坐在发凉的凳子上胡乱吃着比凳子还凉的菜，白色菜碗里油开始堆积，而主厨则摆弄着她的围裙。我知道，她让我珍惜着这丰盛的菜肴——尽管已凉。

过年，从希冀沦为工具——一种炫富争面子的工具，尽管这种行为本身低劣。

我唯一的问题是，究竟是节约钱去炫富，还是节约钱弥补过去炫富的损失，抑或两者兼具呢？

# 好汉偏提当年勇

*Strong Men Brags About Past Bravery*

当你看到那个唾沫横飞、眉飞色舞的人滔滔不绝地讲述自己过去的光辉事迹，你是否觉得厌恶？是否觉得他是个不思进取，只知吃老本的人？如果你因此而对他心生反感，那你就错了。

记得有人说过，语言是裸露的内心。一个人的语言总可以反映出这个人的性格、经历，而那些提“当年勇”的人，恰恰是一群敢于向他人展示自己的人。他们的胆量源于自信，一种对自己过去所做之事的问心无愧。既然自己做了些值得一提的而非亏心的事，又何惧于向他人尽情展示呢？倒是那些整天沉默不语、愁眉不展的人，他们整天回想着自己的过去，却没有空暇去面对现在和将来。

好汉偏提当年勇,是一种豁达与开朗。现代社会充斥着多少五花八门的信息,繁杂的事物又总是缠着人不放,当你看惯了千篇一律的文章,听过了人云亦云的长篇大论,厌烦了那些虚伪的客套词,若偶尔勇敢地向他人展示自己当年的光辉一面,会给人焕然一新的感觉,也能让别人迅速认识一个真实的你。

许多名人在光环褪去之后,总是热衷于写自传。他们一定不是十全十美,但在自传中,他们都竭力塑造自己的光辉形象,想让读者认识到世界上还有如此伟大、高尚、有趣之人,让他曾统治过的国家或管理过的企业对他的敬意和爱戴油然而生,或者还因此让他成为一个国家(企业)的标志,甚或东山再起,也并非不可能。

好汉偏提当年勇,不是因为他们夜郎自大,止步不前。相反,他们对自己估量得十分透彻,而得以发现自己身上的闪光点,宣扬出去,同时铭刻在心。让过去的自己来帮助现在的自己,难道不是一种理智的抉择吗?提出当年自己所做之事,以思进取,说明他们不甘于满足现状。他们将当年的辉煌看作荣耀,珍惜它;看作财富,领受它;更看作目标,超越它。真正的优越是优于过去的自己，他们信守这一人生信条，而且用实际行动很好地证明了它。

记得小时家长们时常给我讲一个故事：在老家的外贸企业上班，便是要有一个“厚脸皮”，许多人去应聘、面试，见到老外，半天蹦不出个字儿。明明是某大学的高材生，但最终却无功而返。原因在于，他们发扬了中国人谦逊的美德，却让老外感受到他并没有真才实学。他们不敢自信地展示自己的才能和过去的功勋，其结果只能是坐失良机。

所以“好汉偏提当年勇”也是一种处世的素质。面对他人或疑惑或轻蔑的目光，不卑不亢，用自己的真实事迹去反驳他们，用超脱去迎击他们，而不是用“好汉不提当年勇”的话来搪塞自己，坐看机会溜走，时光逝去。

# 愤　怒

*Anger*

愤怒似乎大都是源自怯懦的。

当然,也有许多情况下,因为一些值得愤怒的东西,譬如主权及人的尊严受辱等。这类愤怒出自公心,是众人压抑的怒火在一瞬间爆发出来,当然,这是值得我们称赞的。可在许多情况下,那只能属于例外。

更多的情形是,很多人在关乎民族大义的事情上缄口不语,而对待另外的事情时愤怒如同火山爆发无法遏止。此时应该说他是退缩了,用锋芒毕露的愤怒掩盖自己的短板。

在多数情况下,我们从事的都是违逆本心的事,一方面,因为本性驱使,人们无法全心全意地投入目前所从事的事业;另一方面,由于对自己所从事事业的责任心和为自己未来着想，不得不克制住自己的本性，所以就导致效率极低，而且内心也不免有所失落，认为自己虚度光阴。之后内心会着急焦躁，进而愈发无法集中精力等，长此以往，内心也就会积压复杂的情绪，如期待、失望、焦急、愤怒。

而当看到另一个人如幽灵一般如影随形，或讽刺你，或嘲笑你，或超越你，总之他在影响你，你的努力会付诸东流……那会是如何的感受呢？

然而说到底，并不是他人造成了大部分的愤怒——而应是自身。劝架的人一般会把两人拉开，再说一些贬低对方的话，就连大臣劝皇帝也要说“那就不和他一般见识了”云云，应该就在于此吧！

# 暗　夜

*Dark Night*

还记得《辛德勒名单》中辛德勒看见那位穿着绛红色衣服的小女孩，在黑白的画面中她显得如此突兀。我并没有感受到《第十放映室》中宣传的心头一紧的感觉，反倒是其他细节及结尾孩子们长大后，悼念辛德勒的场景更打动人心——不知道这是不是不同寻常呢？

其实，小女孩就如同是从暗夜当中走出的生命。若电影胶片有发黄的印迹或许更好，那一抹红色应更会有旧时代的遗风。

有时候会想象当时的世界，那时那些失去希望、担惊受怕的人到底如何，纵然会有许多如韩麦尔先生一样的老师，但他们并不能改变战争，改变纳粹。那时是黑暗，纵然是蜡烛，也只能照亮一片小空间。

现在是冬天，我这样想着，手拿着牛奶盒，走下楼赶车。楼道内的灯倾泻着乳黄色的光，而我感到浑身发冷，这点运动无法弥补从我身体内散发出去的热量。我想唱歌了——尽管这没什么用。

那一个场景又出现在我脑海中。

“暗夜中，有人在走路，地点可以在任何地方，田野、荒域、楼道。耳边是呼呼的风声，脚下是不知通向何方的道路。此时没有人去倾听他的歌声，伴奏的只是他的脚步踏出的鼓点。他手里似乎还拿着点什么：笔、叶子、牛奶盒……他的步伐或许很仓促，抑或是静悄悄……他就如此走着，哼着曲子。他的心里是有乐队在伴奏的，那么即使这条路他曾走过多次，他也会在暗夜中发现一些新的东西，营造属于夜晚的气氛，有路灯的灯光被黑色的茂密叶片裁剪成细屑，也有平时不起眼的贫民窟，刻画出宏伟曼妙的别样轮廓。但倘使这条路他未曾走过，又是否会觉得似曾相识？黑夜掩盖起恐怖的面孔，歌声湮没了陌生的潮音。”

所以，对于每个人，黑夜中的歌声，从自己内心传出的歌声，应该都是最悦耳的吧！

冬天了,黑夜来得早,去得晚。在冬天,大自然赋予我们感受黑夜的权利。而它的目标亦不是为了黑暗本身,而是那由黑暗中的歌声引燃的不灭的烛火。

# 温　情

*Affection*

熟悉的音乐声又在耳边响起，低沉的余音打着圈，而在这首音乐背后，糅杂了多少人的呐喊，多少泪的辛酸。

眼前出现的是一个小女孩，在《辛德勒名单》这部黑白影片中，只有她，混在人群里，缓慢前进的她，身上穿着的是唯一暗红色的衣服，多么格格不入！

1939 年下半年，在纳粹的精心策划下，几名“波兰军人”袭击了德波边境的电台，随后德军便悍然开进波兰，仅用两周，便攻占波兰全境。德国人开进波兰所做的第一件事，就是清洗犹太人。

德国人将犹太人驱赶到长宽各十六条街的方形区域，然后用分配工作的名义将他们分开，从中发现一些有主见、有胆识、有能力但手无寸铁的人，没有理由就大开杀戒。顿时，集中隔离区血流成河。犹太人随时都要搬家，行李被扣留下来，直接被德国人运回部队，而一批批的犹太人则被分散开来，有些直接被杀掉。

辛德勒作为一位纳粹党成员，骑马在坡上看见德军屠镇，久久发呆，然后离去。

他开办了一家工厂，起先是做搪瓷。他把集中营里许多即将被杀掉的人，用招工的名义招到工厂，并保证他们的安全。后来，他的工厂被分配做军工。

辛德勒将仪器的精度调低，所以制造出来的产品全部都不能使用。

1944 年，德国军队全线崩溃，所有关在集中营的犹太人都将被杀死。辛德勒让助手连夜打出许多人名，助手一边打，他在一边看。屋里昏暗的灯光被窗外的风吹得摇摆不定，辛德勒拿起厚厚的名单，清点了人数——一千一百多人。

接下来的七个月内，辛德勒的工厂没有一分钱进账，而他却用钱把即将送往奥斯威辛集中营的犹太人的生命一条又一条地赎出来。七个月，辛德勒支出了百万马克。

德国投降了。

辛德勒作为纳粹党成员，即将开始逃亡生涯。这天下午，他和所有的犹太人聚集在一起道别。晚上，当他收拾好行李准备离开时，大批犹太人自发顶着纷扬的雪花，为车让出一条路。辛德勒从房子里走出来，犹太人代表将一封联名信递给了辛德勒："当您被不幸抓住时，这一千一百条生命或许可以帮助您。"

辛德勒接过信封，缓步走到漆黑的车前，忽然一下转过身来，这，这辆车……全场除了风声，什么都听不见，"如果我把这辆车送给司令，那至少还能救出10个人，10个人呐！这枚顶针，黄金的，或许可以救出2个人，最少1个人……""我明明可以这么做的，但是我没有……"说罢，他伏到地上，然后又蹲在地上，无力地瘫倒在车边。许多犹太人上来围住他、抱着他："你已经尽力了……"

他真的是一个纳粹党成员。

这使我不得不想起那场人类的浩劫。

都说战争是政治的延续，但在冰冷无情的政治外，是否更保留了一丝温存？在《蜡烛》里，那位南斯拉夫母亲，将自己最美好的回忆留给那位苏联青年，只是想让他走得别那么凄凉，只是想让他多得到一些光明罢了。那些为了战争中的和平而牺牲的人,不管是什么国籍,都值得任何人尊敬,因为,他们都有一个共同的志向。所有人间可以融化冰雪的热度,都藏在每颗热乎乎的心中,哪怕在只有黑白的世界里。

# 圆梦与“解套”

## *Dream Realization and “Unlocking”*

人生来就有价值，而实现价值的途径之一便是实现他的目标与梦想。现在，我想实现的梦想是：停止冲突，消弭愚昧。但这一切都需有先进的知识与技能，更需要一个关于世界的完整认识。

我想讲个故事：

您一定看过契诃夫的《套中人》或是奥威尔的《1984》吧！契诃夫在小说中说“这样的套中人不知还有多少”，让我想起我的舅舅。有一天他家被一辆卡车撞了，房檐撞坏了。他怒气冲冲地跑出来，找到司机理论，旁边立即围了一圈路人。司机一点也没有道歉之意，只想快些脱身，便掏出手机作为抵押，自己回去取钱。舅舅犹豫了一会儿，最终还是答应了。我挤进人群提醒他：司机一定会逃走的，你应当捍卫自己的权益！但他却觉得如果惊动警察——哪怕是街道办，都是“不光彩”的事，会出乱子。最后司机没有回来，屋檐就一直那么坏着。但舅舅还不许我们碰司机的手机——尽管因为没有充电器那已是一块废铁，每当我们取出手机，他总喃喃：“别碰坏了，那是别人的。”

我一直无法想象，天下竟有这样的人，而且就在我们身边！他们的思想真的被无形地禁锢着，限制着，就像行尸走肉。是啊，城市生活繁弦急管，夜晚降临，天空如一块完整剔透的墨玉。华灯初上，车灯在城市中流泻出交错的河流，广场上播放着动听的舞曲，江边满是牵手的情侣或相互依偎的夫妇，江水反射对岸闪烁的灯光，无声地向前流淌，注入大海，城市笼罩在祥和的气氛里。可是在这背后，又有多少像《套中人》中别里科夫一样的人啊！他们身受禁锢，心灵亦黯淡无光，可他们还不自知！不，任何人都没有义务屈服于他人的限制，任何人也没有限制他人的权利。

我又想起我的母亲，她也曾陷落在无形的网中，但后来她走了出来。她是一个如此细心的女性，现在书架上还摆着的那些书:《世界历史故事》《十万个为什么》,甚至《睡眠忠告》——那些都是她为我买的,即使现在都堆上了尘土——就像她的照片。我十岁那年她就离开了,我甚至忘记了她的声音。但我仍记得在墓园时母亲的同事对我说的"其实她正在天上看着你呢"!没错,那些声音的频率早就化为具体的文字烙印进我的脑海。她问我考什么大学,想成为一个什么样的人,这一切都激励着我。而现在,因为舅舅,因为母亲,因为这座城市、这个国家、这个星球,我去美国。我抛弃大大小小的一切禁锢,用最优秀的知识武装自己,掌握自己的命运,同时改造"套中人"的命运,改造世界。这是我选择的路,我将一直走下去,义无反顾,妈妈也一定会同意并赞许的。因为,我正在解套并实现我的梦想。

# 第三篇

# 风雪未来

*Stormy Future*

# 风雪未来

*Stormy Future*

我度过了让人煎熬的两个小时。阳光美好地洒在窗外，透过狭窄的窗户投射进逼仄的室内，扬起细小的尘屑。但我无暇在意这些细节。这是让我心脏断断续续跳动的两个小时。

每篇文章四页，基本一气呵成，质量有待考证。

God is greater than man.

午觉睡醒，天空依然冰冷而透明，一片平静，阳光在积雪上平整铺开。只是天气预报众口一词，明天降雪，像是百叶窗已因此收紧了缝隙。不过我无心计较，提前放假只想歌唱。

太阳余晖落尽的时候，我会在哪里？Man does not know what is to come.

God bless you, and with your spirit.

# 清　明

*Qingming*

美国没有清明。

谈及清明的时候，我想起龙应台和她的父亲母亲，进而又想起去年我每天读她《目送》里一篇文章的时候。那个时候窗外下着雨，从冬天的细雨到夏天的疾雨。不论什么时候，总有江上的采砂船发出隆隆的声音穿透雨雾而来。在教室里面一群人趴着睡觉的时候我刚刚醒来，听着歌。

我倒不想谈及别的什么。如某人所说，不要怜悯死者，要怜悯生者。

所以我希望有去年夏天那种雨，那种洗刷着窗户、冲击着大地的雨，哪怕窗户冲刷之后还是那么肮脏。这样我就可以坐在窗子边上听着曲调松弛的乐曲，看着神经紧绷的大地。我觉得这样的歌最能表达我的情绪。

可惜的是，现在下过雨后，天空过于晴朗了，像是一件湛蓝的艺术品，任何的云朵是一种玷污。所以美国没有清明。

天空就是一片旷野，贫瘠而纯净。

# 聚　散

*To Meet and Part*

专门写给你们的日志，大洋彼岸的你们，我所牵挂的你们。

那本东西仍然躺在我的抽屉里，即使散页那么严重。你们现在在考语文吧，我在背单词，呵呵，好像严肃性什么的完全没办法比较。

完全不可能体会你们现在的心情。一周以前我参加了现在学校同学的毕业典礼，太让人难忘，离别的悲伤与痛苦，我似乎必须提前预支心里的情感，但是最后还是没有，因为这是两个世界，我是说，那时我处于美国的世界，现在我却属于中国的这个世界。我甚至可以想象你们在毕业典礼上的情景，如果有泪水忍不住，就请一定尽情地释放出来，和压抑，和悲伤，和委屈一起，这世界上的悲剧永远多于喜剧,而正是这些悲剧才让我们明白喜剧的意义,明白我们活着的意义。

我退化的文字不能表达我心中所思所想,我再也不能像去年暑假一样站到台上做一番即兴的夸夸其谈了吧。

请不要忘记这段记忆,我是说,至少于我而言,这两个世界是不冲突的,甚至是可以互相接济、相互补充的。类似的,我相信还有高中和大学的生活。

许多话至少在说出的一瞬间是绝对真诚的,这就够了,因为不能奢求更多,因为谁都不能掌握什么,他人的未来,或是自己的未来。

太多话说不完。

请不要忘了,大任于斯,自强不息。

# 抉　择

*Choices*

洛城布满了这样的小剧场、舞蹈厅，窗户用的是八十年代的茶色玻璃，门上贴满肮脏的海报，旁边黄色的墙壁上画满长着嘴巴鼻子眼睛的字母。

市场关闭的时候一群男女正赶过来，把那扇门推开一条缝，然后把自己塞进去。穿过昏暗的过道，两边又各开了几扇门，门里散发着湿热的霉味同汗味，昏暗中十几条灵魂在舞动。

有个女的说她来自亚拉巴马州，喜欢舞蹈，所以就来这里了。

在跳动着的落日的暗红色光线里面，房屋较它们的阴影显得微不足道。

等着天空的深蓝色包围上来，我们又要回旅馆了，然后任由霓虹灯把这城市变得躁动不安。

再过两天我们就回康州。

# 平　常

*Ordinary*

如果说今天有什么,那就是什么也没发生。

所以昨天在窗子外面,远处飘过了那座城市,再大声的喧嚣也盖不过车窗外面的猎猎风声。

我路过聚光灯和指示灯的公然集会,我问道:“这是纽瓦克机场吗?”答案当然是肯定的。我只记得它夜晚凌晨的模样,那样子就像一首散佚的曲子。我是说,上一次进去那里好像已经是几辈子以前的事情了。从密集的灯光里面升起小小的闪烁的光斑,一下就躲到云层后面去了。

真正看到飞机场的时候心情是不一样的。远远的纽约,火车曾经和现在的终点站。你想起 6 月 13 日,summer school 之前,那个立志要天天背单词,找大学,在中央公园挥霍手机电量的自己。

记得那天，我凌晨去赶飞机，路程中没那么多景致，而睡眠缺乏的脑袋更容易出现幻景——最后，这个宏伟的终点显得更加神圣了，所有机场里面的嘈杂于我都是让人振奋的鼓点。

然后呢，我们一起去的那个岛，在船上见到的岛上的那个老奶奶。

然后呢，甲板上面风太大了，不该在上面待太久。

那个夕阳还在目前，我是说那个时候我面对着回学校的命运，而夕阳又很合时宜地给墙壁刷上金粉。这张相片仅仅有一个潦草的拍摄于一年之内的注脚。

对呀对呀，2013 年 8 月 12 日我在上海写下“日暮终点”的时候，太阳正缓缓落到鳞次栉比的帷幕后面去，有只狗在宾馆楼下的巷子里面叫，人们在四车道上行驶的汽车里面坐着，汽车在行道树的叶子缝隙间闪过，一切都井井有条，与一天前，一个月前，一年前都没什么两样。

# 晴　天

*Sunny Day*

风把云刮得干干净净，天空被冻得硬邦邦的，成了完整的一块。

黑色的树杈胡乱摇曳，发出轻轻的吱呀声，那是某一处裂痕正一微米一微米地延伸，延伸到树干承受的边界线。没有树叶这种吱呀声显得更加清晰。

矮处的灌木把叶子卷得扁扁的垂下来，像一只只绿色的铃铛。

贫瘠草皮上的草结成一团一团，扫过之后残余的落叶在地上跳跃翻滚，直到能够找到嵌住它的坑洼。

食堂冒出来的无助的热气，一下被掐灭，声响也没有。

门一打开，一个人闯进来，灰黑色的大衣，脸比晴天模糊不少,不停喘气。门外的景致便显现出层次,一层层弯曲扭怩。

# 十　年

*A Decade*

笔记本上听《十年》,2011 年 11 月初北京曹老师也在唱《十年》。霓虹灯还没有淡去。

来到这里半个月。在飞机场感到恐惧,要去学校了感到恐惧,恐惧于未知。

洗着衣服,走廊热闹起来,墨西哥仔说:“你去聚会吗?”我说:“算了吧,洗衣服,我堆了好几天的衣服,有的已经臭不可闻了。”

都说要 get involved,说以后什么“不会,不懂”都不再是理由了。张老师还说:“你适应能力变强了。”

衣服挂好,那群人打乒乓球台球唱歌跳舞应有尽有,疯狂吧,青春所剩时日不多,再过十年我们早就不知何去何从。

Jack不爱这些游戏,但游戏缺人他就去补上,赢了也不笑,玩家从不在意对手表情吧,只有我妄自揣测。Jack是这层楼的管理员。

真的没有我会的了,有些人也早早溜走。回房间,一群人在楼下打篮球,放着音乐。我忽然想起校园里树梢间绿叶中的黄叶,就像壮年的男子忽然发现了白发。

美国白宫资深女记者去世了,凤凰网编辑找到她三十几岁到九十岁的照片。墓碑上天使的笑脸是相册最好的封面。

不知道当年歌声在何处,是不是化为宇宙中平凡的振动,是不是魂魄要十年才能消散!

# 往　事

*Past Stories*

夏天长得过于茂盛的树伫立在透明的蓝天下，抽象的纹路雕刻进粗壮的树干里，树干延伸出来的枝杈以细小而密集的纹路结尾，和蓝天映衬，像是你隔着一片玻璃往外看，玻璃上粘着淡淡的污垢。天空在远处转为奶黄，可惜此时没有飞鸟，不然该是秋天。

然而这确乎是冬天了，而且是隆冬，因为下午没有到校外跑一大圈的经历。Kyle 的口袋里装着唱歌的手机，大雁从树顶飞过，离最高的冠盖只差几厘米。我们跑过夏天刚来学校时走过的玉米地。如果我秋天没看见它，它就还是夏天的样子。冬天我没看见它，它就还是秋天的样子。

除夕给我只有明朗易碎的天空，以及清新寒冷的空气。坐在提供暖气的屋子里,外面草坪上残留的上周下的雪,龟缩到树荫密集的地方去。

# 我们的世界

*Our World*

《楚门的世界》让我想起史铁生的小说。每个人都有挣不脱的牢笼，都有一条命定之路。电影中，设置楚门生活方式的是导演，欣赏这条路的是观众，而小说里设置者和欣赏者都是上帝。

电影主人公有一个富有隐喻意义的代号：Truman。这是代号，最能证明他身份的代号。他身边人的代号：妻子，朋友，父母，老师。他们本都是一个个 True man 或者 True woman，可是一旦他们被卷进这场荒诞的闹剧，他们也就都不再真实。当楚门倾注他仅有的情感去相信一个朋友，去怀念铭记他因“海难”“逝世”的父亲，当他再次面对父亲时动情哭泣，它是真实的。而他那个世界外，电视机前的观众们，正用一种诡异而微妙的情感去审视、围观,既有对真情的赞叹,也有窥探他人生活的快感,拿他人内心深处情感的碰撞当一场奇幻精致的喜剧冒险。

Truman 的世界不真实,所以他的真实才那么耀眼夺目。他像是堂吉诃德与风车搏斗。他住在那巨大的摄影棚里多好,不愁吃喝,衣食无忧,仅仅出卖一下自己的尊严——可是因为真实,所以他无法容忍这些;因为真实,他选择与虚伪搏斗。最后,当他找到真实世界的入口,导演放弃了让他留下的想法,因为对于以前的世界,他已经不再真实。

我们呢?我是说我们呢?房龙说很奇怪的现象是好多事儿的进行总是出于一个龌龊的理由,而且大家都心知肚明,可是还是要找出许多体面的借口应付,同时如果有个人不慎说出真话,那么他就名声扫地了。

这个世界多么小,坐上飞机 15 个小时就到了对面。一边日落,一边破晓;一边工作,一边安眠。可是你们能告诉我,哪样才是真实的,怎么才能保证,那天空不是一块画布,电视节目不是一段录像,书中所写不是一片谎言,你只为你自己而活?

# 相　聚

*Get Together*

这个城市的冬天还是被接连不断的阴雨浸淫着，半年了，还是没变。

四点半到学校。在走廊上，一些人在外面自习，背书，问问题，一个个专心致志头也不抬，我离得很近了也没被人发现。从角落传出我的名字，所以最终我还是没记住是谁第一个认出我。

我登上五楼，望向他们。我犹豫地前进，不知道一会儿见面开口第一句会是什么。

我在教室里，被同学的问题所淹没——是从讲台走下那一刻就被包围了，被包围在墙角。

是啊，其实我在门外的时候就被围着，是一个人冲口而出我的名字，然后是一个人，又一个人，又一个人，然后有人从教室里出来看见我,围着我。我词穷,只是干笑,但也许也不是干笑,只是太开心了。反正最后我都是词穷。

有人让我进去坐坐。我说还有座位吗——我在问出这问题之后才感觉稍稍有些伤感,但答案是有。我站着,张老师说让我上去讲两句。我说我想死大家了,好像范伟正站我旁边呢,笑声。我说在美国觉得和美国人不是一个社区的,又是笑声。我本来想说 community,但是总觉得在中国就应该讲中文,却没考虑此社区非彼社区,但这有什么关系呢,开心就好。我说你们要来美国我一定好生招待,又是一阵欢呼。

不一会儿,全班死寂,好像刚才的笑声只是另一个世界的回响——安静下来是一瞬间的事情。我说我出去好了,让他们复习。

夜晚来临的时候,我发现我真的走在回家的路上了。这相聚和笑声如同爆裂开的烟花,绚丽夺目又昙花一现,你还来不及反应它便已消失。你能相信吗,这个世界变化得如此之快,前一秒钟似乎我才和他们同甘共苦,后一秒人们便已经默契地达成熟悉陌生人的协议。

只是我可能又以一种最不必要的恶意来揣度他们了。其实我一点也不遗憾，哪怕暑假不回国也不遗憾。他们告诉你，终究在高三结束以后，大家都会离开的。而离开以后，之前的一切都会以另外一种方式保存下来，就如同我这篇文章所完成的一样。

# *A Repeat of History*
# 历史的重演

These days, when we look through newspapers or websites, we could easily spot the news about the crisis happening on the other side of Atlantic, on the vast plain of Ukraine—the fall of former government, the violent protests, the division of a unified country, and finally, the death of innocent people. We were especially stunned and infuriated by the news that a flight, which carried 300 innocent lives, was shot down. If the action was intentional, it would be nothing but a massacre. However, in order to piece together the puzzle of this tragedy, we should go back to the moment when it broke out, finding its cause, and preventing it from happening again. It is then when we find that the crisis now is just a repeat of the story of Ottoman Empire, the "sick man of Europe" hundreds years ago. The similarities between them are on several aspects, including the competition between different nearby powers, the mistakes made by "victim", invaders' excuses for their actions and the problems lying in the "victim" itself.

First of all, in both cases we can see a gap, a conflict that triggers a series of incidents. Before the Crimean War, Russia, whose territory had been many times larger than its current one, was famous for expansion, and it did not want to stop this momentum. Russia had shown its muscles in the war against Napoleon I, so by then it had been the dominating power of Europe; Europe, on the other hand, having recovered from long-term wars after industrialization, sought to explore more colonies, and advanced industrial technologies gave them confidence. The chasm between them would then be a must, and such dissent had been shown for so long that it was caught by English writers like J. A. R. Marriott, who regarded the Tsar as "unquestionably the prime author of the war" (Schmitt, 36—67). Similarly, in the first ten years of the 21th century, many countries previously influenced by Soviet Union had become allies of the West, such as Poland, Czech; a tendency of effacing the traces of the Soviet Union had been formed. Nonetheless, Russia never forgot its dream of domination, and started to revive on the ruin of the Soviet Union; Putin knew this dream of his people, so in his speech he passionately claimed that "The Battle for Russia continues. Victory will be ours. "(*Putin: The Main Thing That We Were Together*"). He was successfully elected to be the president for the third time, which proved the popularities of such a wish. All in all, on both occasions, the conflicts are the result of the competition between two governments of great power.

Given the gap, there comes the second essential factor: the mistake made by the "victim". It is indeed unfortunate to sit between two powerful nations, because in order to protect themselves, weak countries have to satisfy both sides, and even the slightest mistake would be expensive. Hundreds of years ago, Ottoman Empire was troubled by a dilemma. France declared that Ottoman Empire was its protector, and to reinforce its advantage, France sent fleets to the Black Sea, giving Ottoman Empire a belief that Europe would not leave it alone ( Schmitt 36—67 ) . Based on this judgment, Ottoman Empire declared war against Russia. At last, the anticipated supports did not come on time, so Ottoman Empire was in an awkward situation. The careless decision contributed to the breakout of a larger regional war, and a bigger number of casualties (Schmitt, 36—67).

Ukraine made the same mistake. Immerging in a financial crisis and the scandal of corruption, pro-Russia president Viktor Yanukovych could not wait to get himself out of trouble at any cost. He was then swayed between high pressure from Russia and lured by the benefits provided by the West, despite that the promise might not be fully realized (Rush). He finally chose to submit to the pressure, which determined the explosion of the coup.

To gain benefits is one thing; to start a war morally is another. The two crises also have an amazing resemblance here, as the same excuse being used—to protect their people. Tensions among France, Britan and Russia came from the Holy City of Christianity—Jerusalem. As they all claimed their religions the orthodox, they should occupy Jerusalem (*The Crimean War 1853—1856*), which belonged to Ottoman Empire then. Russia reacted by saying that there should be an army residing in the place where Eastern Orthodox believers lived to protect them, which alarmed the West, and responses were quickly taken. Fleets were sent, and the new-signed treaty became trash (Schmitt 36—67). Now, as Ukraine crisis erupted, Russia played the same trick. On March 4th, 2014, Putin announced the "reserved" rights of sending troops to Crimea to protect Russians aboard, and he did so (Englund, Lally). His actions, however blamed by the West, truly brought him real benefits. From then on, Russian ships in the Black Sea were directly under control of their own people.

No matter what outer forces might be, however, forts are always beaten by inner arguments. Unfortunately, Ukraine completely copied the model of Ottoman Empire here, too. A widely used map has illustrated the diversity of Ukraine community. Almost all the people in the West support the Western Europe, while those in the east and south, especially in Crimea, are largely Russian speaking and support Russia (Blacker). As Yanukovych abandoned the plan of signing agreement with the Western Europe, the turmoil from west set fire to the capital Kiev. People advocated a revolution, and the mood of unsatisfying could not be blocked (Blacker).

The Ottoman Empire also endured furious debates about identities, although the essence of it was not as clear as that of Crimean crisis. The great loss of lands stimulated the civil aristocracy to try something new, to introduce new styles of education, to change social structures, and to equalize female rights, but these actions were steadily rejected by conservative powers who considered them as betrayals, and therefore should be strictly forbidden (Reid, 42)—in fact, it is not a pro-or against-religions campaign. New techniques represented the thoughts from the West, while the constructive power represented the memory of old lifestyles.

To a huge extension, history repeats itself again and again. Although peace is always welcomed, now it has become a luxury. We cannot blame Putin for bringing troops into Crimea, because to earn advantages for Russia is his obligation; we could not blame the mobs from Crimea for separating Ukraine, because they are recognizing themselves as Russians; we could not blame the Westerners for arousing a violent protest, either, because maybe that was the only way to express their resents. The point is how to stop the burgeoning violence before it destroys the country. Through the comparison, we might be able to find solutions about dangers alike, on which might exactly lay the meanings of historical studies.

### Works Cited

1. Blacker, Uilleam, *Ukraine: Divided or Diverse*, Sean's Russia Blog, 2014 {date database was accessed} <www. seansrussiablog. org>
2. Englund Will, Lally Kathy, *Putin Says He Reserves Right to Protect Russians in Ukraine*. The Washington Post, 2014 {date database was accessed} <www. washingtonpost. com>
3. *Putin: The Main Thing that We Were Together*, VZ, 2014 {date database was accessed} <www. ve. ru> (Russian)

4. Reid, J. , James, *Crisis of Ottoman Empire: Prelude to Collapse* 1839—1878, Stuttgart: F. Steiner, 2000. GoogleBooks, 2014 {date database was accessed} <books. google. com>
5. Schmitt, E. , Bernadotte, *The Diplomatic Preliminaries of the Crimean War*, *The American Historical Review*, Vol. 25, No. 1, Oxford University Press, Oxford, 1919, JStor, 2014 {date database was accessed} <www. jstor. org>
6. Rush Nat, *The Crimean Crisis—An Overview*, CriTique, 2014 {date database was accessed} <www. thecritique. co. uk>
7. *The Crimean War 1853—1856. History Learning*, 2014 {date database was accessed} <HistoryLearningSite. co. uk>

# *How Luther Changed Catholic Church*
# 路德是怎样改变天主教堂的

Martin Luther, the founder of Lutherism, played a role as a reformer in religious history. On the one hand, he successfully weakened the authority of Roman Catholic Church; on the other hand, he bettered the structure of Christianity, making it more acceptable and welcomed. He also vacated rooms in people's mind that were occupied by religious rules and forbiddances, for imagination and creation.

It is generally acknowledged that by publishing his *95 Theses*, Martin Luther aroused well-known Protestant Reformation ( Harvey 321—348 ). With Catholic Church's split the Pope in Rome lost his absolute authority, along with power to benefit from farms and taxation. From then on the civil powers were able to get rid of intervention from the Church. It also altered people's perspectives in perceiving the world surrounding them. However, when coming back to the most basic topic, we are facing a controversial problem: What have changed in Catholic Church since then? Is the reformation helpful in spreading God's teachings, or instead, undermining basis of moral standards?

Let us go back to hundreds of years ago, to those days when Catholic Church was dominating the European continent. At that time, on the land of Europe stood dark and secret castles. Small villages scattered in wilderness. People were struggling against famine and disease. Most of whom were farmers. Poor and uneducated, they were easily cheated by Catholic Church, either persuaded or threatened to accept strict lines and different taxes so that they could go to heaven. Renaissance started, but its influence was limited in a narrow range, in circles of artists and nobilities. Most people then were not in touch with those amazing elaboration and advanced thoughts they contained. Then Luther came with his arguments. Since he challenged the infallibility of the Church, neither the Church nor normal people could treat it evasively—these questions were related to their own welfare! As a result, people from different levels of society, from kings to artisans, were all involved in this movement, which further undermined the power of Church. People realized that they could do more than what they had done. For instance, a theory developed by Luther was immediately spread: As loyal believers and followers of God, it is more important to "make God live in our own hearts", than to chase after an "invisible" God ( *The Catholic Lyman*, 131), or to express allegiances to the God by paying money. Moreover, his thoughts focused on mundane lives, on personal knowledge, instead of on claims of authority, especially when these claims were hard to be verified ( *The Catholic Lyman*, 131). The most interesting part was, almost at the same time, Renaissance reached its peak. Although one in Germany, the other in Italy, they shared lots of common points such as emphasizing on human ability, questioning rigid and stiff social systems, and helping people to realize the importance of themselves. So we could draw the first conclusion that the opinions of Luther weakened the influence of the "visible" Church, the Catholic Church in Rome (*The Catholic Lyman*, 131).

More changes happened, no matter whether people then were aware of them or not, and Luther was one of them. Even Luther himself failed to predict what his movement means to this world and to his people. As we can see after his death that the way people treat God has changed—yes, not only their attitude towards Church and authority lying behind it, but also their belief in God (Dau, 512—528), althought it is a long-term change that could not be seen in a short period of time. One day I read an article saying that modern people become more and more unaware when they say the name of God, and too often we hear people using swearing words with God's name. At the same time, corruptions, moral tragedies happen everywhere every day. The writer argued that recent "avalanche" of ethic was the aftermath of the falling of Catholic Church—it even had something to do with Protestant Reformation. However, we could not put our assumptions into this, because it was the riddance of blind obedience towards idioms that gave our ability to doubt and to criticize. We could not even freely place the statement of "moral avalanche" had there not been a reformation.

It seemed, from the issues I said above, that Luther did nothing but try to sweep Church out of people's mind. Nonetheless, I have to address that Luther did strengthen the Church in a deeper level; he made the Church and its doctrines more understandable and prevalent, its root steadier. Firstly, his translated edition of Bible was widely distributed, which gave opportunities to everyone to understand what God meant (Dau, 512—528). By breaking the chain tightened in human mind, varying thoughts and understandings appeared, supporters of these thoughts formed different parties, and Catholic Church was then officially split. Arguments among different parties, quite like the debate among scholars in Chunqiu period in China, injected energy and innovative incentives to the whole society, so that the religious system as a whole was well developed in this process. Moreover, the statue of Bible has been lifted to a higher level at the same time. One of Luther's central opinion advocated that the Bible should be the everlasting standard on determining moral dilemmas, so people then said, with pride and confidence, that "It is of no consequence that articles of faith are framed from the works or words of the holy fathers. ... We have another rule, to wit, that the Word of God should frame articles of faith; otherwise no one, not even an angel (Dau, 512—528)." This helped Bible, a classic of Christianity, to reinforce the basis of the religion. Any debate was expected to come back to the Bible, fierce fighting was replaced by friendly discussion, and the results would be more convincing. Christianity became a flexible religion that could suit every situation. It gives consolation to the unfortunate, or censure to the guilty, which practices its own function as a heritage of human culture.

Martin Luther was not perfect. He used to be condemned as "crude". He also admitted that some of his works were not "formal" enough to be published (Harvey, 321—348). The point is, he devoted himself to the process of reforming and improving. His efforts worked. No matter how and why the result of "weakening" or "strengthening" came out, he should enjoy the recognition as a pioneer, and an honor as a fighter.

## Works Cited

1. *The Catholic Layman*, *The Church Visible and Invisible*, Vol. 2, No. 23, Catholic Layman, 1853, JStor, 2014 {date database was accessed} <www. jstor. org>

2. Dau, W. , *Luther's Relation to Lutheranism and the American Lutheran Church*, *The American Journal of Theology*, Vol. 21, No. 4, The University of Chicago Press, Chicago, 1917, JStor, 2014 {date database was accessed} <www. jstor. org>

3. Harvey, Andrew, *Martin Luther in the Estimate of Modern Historians*, *The American Journal of Theology*, Vol. 22, No. 3, The University of Chicago Press, Chicago, 1918, JStor, 2014 {date database was accessed} <www. jstor. org>

# *Napoleonic France*
# 拿破仑的法国

On the fifth of May 1821, on a barren island in the boundless Atlantic Ocean called Saint Helena, the former emperor of France, a grand politician, military man, reformer, respected not only by his people, but also by his lifelong enemies, Napoleon Bonaparte, died in peace. It might be a right decision to exile him from the center of politics and war, so that he could no longer start another campaign, and the Europe could then enjoy a relatively long period of peace. However, the hero of France had printed his figure engraved into his people's mind, and every practical, constructive policy announced by him had reinforced, or was still reinforcing the fundamentals of his country.

When the leader of the Reign of Terror, Robespierre was executed, French Revolution arrived at a crossroad. On the one hand, conflictions within different social levels had been irrevocable; the deficient government was unable to satisfy everyone's taste. On the other hand, France was threatened by outer power. As the only republic on the European continent, France was recognized by other countries as a danger, whose liberal institution could set fire to their tyrannical systems, so war was inevitable. Facing such a plight, Napoleon, a rising star, was brave enough to shoulder the heavy burden to save his own country.

His influence upon France could be roughly divided into four aspects, including law, religion, education and army, while boundaries among these aspects were somehow blurred. In fact, they were tightly interwined.

The largest achievement of Napoleon was not his conquest, but his law, in which he took the most pride.

His laws were so successful that up to now, many European countries are still using codes based on his laws. We all know that before the French Revolution, aristocracy and religious personnel did not need to contribute tax, so the lower and middle levels of the society, despite far less treasure they owned, had to afford huge daily expenditure of aristocracies, whose reign they were determined to overturn. Napoleon changed this situation. He realized that, although the revolution put out the slogan of equality, it had deviated from its original direction, and he had to correct the fault. He abolished the privileges that high-incomers enjoyed; tax was now distributed to everyone proportionally, according to one's properties, giving artisans, manufacturers more financial freedom (Evans, 28—37). From the lessons of the Convention and the National Assembly, he made up a system of representatives, where people, except women, could find equal opportunities to give their advice and express their discontent. This reform was considerably successful, because most people were satisfied, and arguments were properly settled. A more profound impact would be that by setting these codes, Napoleon told people their idea was right, and the core of revolution was realistic and practical.

The second aspect was religion. The steps of reforming should have mature laws as the precondition, but Napoleon's personal attitude towards religion played a key role in this process. Napoleon did not believe in God, but he knew how to use it. He said: "It is said that I am a Papist. I am nothing. In Egypt I was a Mussulman; here I shall be a Catholic, for the good of the people. I do not believe in religions. The idea of a God! (Taine, 567—581)" and "it would have been necessary to create him for the occasion, as the Roman consuls created a dictator under difficult circumstances" (Taine, 567—581). He did not want, nor did he need to shape the figure of God; he hoped that the religion could be used by him to reach his goal. Out of this motive, he conditionally accepted the authority of the Church, as long as they put themselves under the welfare of states (Taine, 567—581). This reminded me of Chinese emperors, most of whom did not have any belief, but allowed the spread of religions. These religions, like Buddhism and Islam, advocating endurance of sufferings, became tools for the ruling class . For Napoleon, he smartly relieved the relationship with the Church, and successfully helped those who stood with the Church to make a treaty with those who were against them, unifying the whole country under his name.

As another essential element of controlling, education also deserved being paid full attention to. Napoleon established numerous universities, along with the establishment of elementary schools. Local management of elementary schools were allowed, but universities must be overseen by picked officers (Coffin, 288—308). He employed a group of secret police and founded a special department, whose power was above all other departments, to supervise the public (Coffin, 288—308), as well as to practice strict censorship. Compared to the leaders of the United States, Napoleon was not open-minded enough, and such limits he created restrained innovative abilities of French scholars, but still, they were surely more advanced than most countries then. Objectively, this policy lowered the rate of illiterate, and indirectly triggered cultural prosperity, because the importance of education did not need more emphasis.

Finally, we could discuss about French army and the coalition against it. Among all the battles French fought, there were as many as four times when the failure of the ally resulted in the collapse of coalition, while just in two cases where the ally harvested decisive victories. Everyone would agree that the ally was very unsteady, once it was defeated (Edouard, 603—624); its members would surrender as soon as possible, like Prussia and

Austria, who changed sides several times. On the contrary, the whole France gathered around its leader, Napoleon, to protect the fruits of the revolution—relying on his personal genius, Napoleon almost crushed all empires in Europe. Moreover, the grand ambiance activated the passion of nationalism, which could be seen when Napoleon escaped from the island of Elba. The moment he arrived in Paris, he had been guarded by thousands of soldiers protecting him voluntarily (Edouard, 603—624). The idea of nationalism would soon become a main topic of the whole world, and when people fought for their liberty, they would all salute to Napoleon, who devoted himself to the independence of his homeland.

Whether or not Napoleon brought true welfare to France is always a debatable topic. The seriously beaten army might have lost the ability to bring France the glory it used to boast, and a more balanced relationship between countries means there might not be a Napoleon in the future, but as long as we could remember him, as long as his codes still are used as the foundations of modern laws, his achievements should then be recognized, be respected, and be honored by French people and all human beings.

**Works Cited**


1. Coffin Victor, *Censorship and Literature Under Napoleon*, *The American Historical Review*, Vol. 22, No. 2, Oxford University Press on behalf of the American Historical Association, Oxford, 1917, JStor, 2014 {date database was accessed} <www. jstor. org>
2. Édouard Driault, *The Coalition of Europe Against Napoleon*, *The American Historical Review*, Vol. 24, No. 4, Oxford University Press on behalf of the American Historical Association, Oxford, 1919, JStor, 2014 {date database was accessed} <www. jstor. org>
3. Evans D. Beverly Judge, *The Code Napoleon*, *The Georgia Historical Quarterly*, Vol. 6, No. 1,

Georgia Historical Society, Georgia, 1922, JStor, 2014 {date database was accessed} < www. jstor. org>

4. Taine A. H. , *Napoleon's Views of Religion*, *The North American Review*, Vol. 152, No. 414, University of Northern Iowa, Iowa, 1891, JStor, 2014 {date database was accessed} < www. jstor. org>

## *The Inevitability of the Civil War*
## 内战不可避免

The Civil War, known as the largest war in this Continent, has attracted numerous scholars and historians to study, yet there are still many problems left unsolved, one of which is whether or not it can be avoided. As we all know, tensions between the North and the South had existed since they signed the compromise which said that the vote from a slave should be counted as a vote from a "three fifths" man, for both sides wanted more representative in the Congress. Neither side was very satisfied about the result, yet there was not an alternative. However large the tension was, though, having suffered a war several years ago, people were not willing to experience another war. Nevertheless, the war finally began, resulting in huge mortality. Therefore, my opinion toward this question is that the war is unavoidable due to several political and economic factors including unsuccessful compromises, conflictions between industrial and agricultural economies, and a growing merchant class.

The first reason of the war was the failure of compromises. When we looked through all the compromises signed before the war, we found that instead of being settled, arguments between the North and the South was exaggerated by the compromises in many ways. Firstly, the South and the North were now encouraged to maintain such a divided status and approved to exercise different, even opposite policies officially. For example, in the well-known Missouri Compromise, a line was drawn to split the country into two, and the states from different sides had opposite attitude and policies toward slavery ( Mason, Matthew 675—700 ). Some people might argue that the line was not so crucial because even before this line was drawn, the South and the North had been heading for the opposite directions for a long period of time. However, the point was that this line represented the attitude of the irresolute government. From then on, any behavior of division became somehow permissible, as a signal had been given: Government was unable to solve these problems. The Congress itself was irrevocably split (Mason, Matthew, 675—700). As a result, this compromise did not show any trace to "unity". On the contrary, it provided a ready-made border for two countries that might be established soon. There were some people who were wary enough warning that this was not a compromise, but a delay of a war. Thomas Jefferson, for instance, wrote to his friend:

> "This momentous question, like a fire ball in the night, awakened me and filled me with

terror. I considered it at once as the knell of the Union… a geographical line, coinciding with a marked principle, moral and political, once conceived and held up to the angry passions of men, will never be obliterated." ( Thomas Jefferson, 568)

Besides, these compromises were filled with negative articles, which told people to sacrifice their benefits rather than making both sides satisfied. An example of this could be the Compromise of 1850: *the Fugitive Act made* the North furious, because if escaping slaves were forced to go back to the South, their efforts before would equal nothing (Remini Robert V, 23—26). On the other hand, allowing California to be a free state let the South down as part of California was below the Missouri line. Additionally, a new concept was proposed in this Compromise—Popular Sovereignty—which allowed the masses to decide the direction of their states ( Remini

Robert V, 23—26). This plausible policy, which seemed to represent democracy perfectly, was actually born with confusion and uncertainty, because its practice and result totally depended on the will of voters. Unfortunately, nobody realized it until Bleeding Kansas broke out, leading the whole country to the abyss of war.

Except for the failure of compromises, the differences between industrial and agricultural economies also contributed to the war. At that time, the well-developed North had finished industrialization, while the Southern economy mainly supported by plantations wide-spread on the plains was still focused on agriculture ( *Encyclopedia Americana*, 784 ). Before the war, National-Republicans and Whig parties had converged merchants from all over the country to establish a political alliance to manufacturers ( Charles, Post 134—155 ). Moreover, abolitionists had claimed that they would regard free-labor "as morally and economically superior to slavery" ( Charles, Post 134—155 ). The momentum of abolition seemed too strong to resist, but the South determined not to stand back, or they would have to give up their own lands and the lifestyles they had been used to. In fact, in the South, centers of slavery were always the centers of politics, economy and culture, and a small planter class (only 8,000 landowners held 50 or more slaves in 1850) dominated the South. Slavery had generally been a way of life in the South, no matter profitable or not (*Encyclopedia Americana*, 784). If slavery was banned, as unit cost rose, low-level agricultural economy could hardly benefit from trades, local economy might then be hit and destroyed (*Encyclopedia Americana*, 784). Therefore, for the people living in the South, the war was not avoidable as long as abolitionists did not give up their believes.

Opponents of my theory might wonder: Since two sides were so different, why would they not just split peacefully into two countries? To answer this question, I would introduce the third reason of this war: the rising merchant class. As capitalism spread in the North, a huge number of merchants emerged (Fox-Genovese, Elizabeth and Eugene D. Genovese, 3—25). These merchants, like the merchants today, had a characteristic: They "required no specific social-property relations, only the production and circulation of commodities" (Fox-Genovese, Elizabeth and Eugene D. Genovese, 3—25). They discovered the huge treasure hidden in the trade of cotton between the United States and the Britain. Their features did not allow them to let such a huge profit to go away. Meanwhile, a strong national government communicating with Britain would be undoubtedly helpful in protecting their interest through diplomatic negotiations. Due to this motivation, Northerners refused to see a split country, nor could they tolerate actions of secession, for these actions would obviously reduce the power owned by the government of the nation as a whole.

The list of factors influencing the war is of course

not exhaustive. There may also be many logical or factual problems in the argument above. Nevertheless, as we head for the end of this essay, I think it is time to draw my conclusion: The Civil War, although bloody and brutal, is unavoidable.

**Works Cited**


1. Elizabeth Fox-Genovese, Eugene D. Genovese, *Fruits of Merchants Capital: Slavery and Bourgeois Property in the Rise and Expansion of Capitalism*, *The Journal of Economic History*, Vol. 44, 1984, EconPapers, 1984 {date database was accessed} <http://econpapers. repec. org/>
2. *Encyclopedia Americana*, Vol. 6, Scholastic Library Publishing Inc. , Danbury Connecticut, 2006
3. Jefferson Thomas, *Jefferson to John Holmes*, April 22, 1820, New York: Penguin Books, 1977
4. Mason, Matthew, *The Maine and Missouri Crisis*. *Journal of the Early Republic*. Vol. 33, 2013,

iCONN, 2013 {date database was accessed} <http://eds. a. ebscohost. com/>

5. Post, Charles, *Social-Property Relations, Class-Conflict and the Origins of the US Civil War: Towards a New Social Interpretation*, *Historical Materialism*, Vol. 19, 2011, iCONN, 2011 {date database was accessed} <http://eds. a. ebscohost. com/>

6. Remini, Robert V., *Clay's Compromises*, *American Heritage*, Vol. 20, 2010, iCONN, 2010 {date database was accessed} <http://eds. b. ebscohost. com/>

## *The Underlying Causes of WWI*
## 一战因何爆发

World War I, known as the "great war", was in the beginning regarded as the war that "ends every war". It was notorious for the unbelievably terrible conditions under which soldiers had to fight against their enemies, along with the alarming casualties and loss of treasure, cities ruined, farms abandoned. After the fog of war dispersed, hot debates about its causes covered yet another shadow over the surface of this tragedy. Given enough information, I would ascribe the burst of the war to the unstable situations in and between two alliances formed before the war, economic globalization, and the advanced technology. It is worth noting that although they are different points, they are intertwined tightly and have influences upon each other.

Firstly, there were unstable situations. The spark that directly fired the war was the assassination of the throne heir of Austria by a radical Serbian, but the resentments coming from the rising nationalism had placed Austria on the verge of being "dismantled" (Fay, 616—639), which might have been the reason why the future king chose to continue the parade even one failed assassination had taken place earlier (*How Close Did the World Come To Peace in 1914*?). Seeing the Ottoman's loss of land after "indulging" the patriots, Austria was determined not to make the same mistake, ignoring potential danger lying under this decision. Besides this, the Triple Alliance was not firm enough. Despite allying with Germany, Italy still missed its traditional affinity with Britan, and had a tendency to betray its allies (Fay, 616—639). To stop the collapse of the alliance, Germany had to do something to confirm its authority, specifically, by starting a military race.

The military race before the war was flagrant and without camouflage—everyone knew what its rivals were doing. According to some reports, from 1912 to 1914, Russia increased its armies from 450,000 to 580,000; even more surprising was Germany, which finally had 880,000 men in military services. Meanwhile, France extended army services from two years to three years as well (Fay, 616—639).

What accompanied with the bigger armies were advanced technology, which was the second reason of the war. Firstly, to start such a war of enormity, messages, commands, commodities, all needed to be transported to the battlefield speedily, let alone the massive troops. The war even involved troops mainly made up by men from colonies, earning the title of "world war". With the help of trains and cars, the long journey from western Germany to Belgium to France, which used to take several days, would then just take tens of hours, which allowed countries from the farthest corner to participate in the war.

In fact, the influence of technologies in delivering troops was just a very small part of it in terms of the general circumstances. To delve into deeper impacts, I should reiterate that the three causes in question were not divided, but forged as a whole. In most cases, to be honest, the second and the third causes were overlapped, and we should start exploration by recalling the influence of the industrialization.

The industrialization hugely elevated the working efficiency, improving the quality and quantity of every industrial product from weapons to daily commodities, or even agricultural products. In fact, agriculture was the most sensitive field toward such a change. For instance, in 1890, 30%—40% of the GDP of European countries were contributed by agriculture, but in 1910, the lowest percentage even became as low as 20%, giving a 33% declination compared with that of 1890 (*Pre-World War*

*I Economy: Production and Trade*). Moreover, as ships and trains became more and more prevalent, the cost for ship and on-land transportation was lowered, so that the price of these agricultural products was lowered. For instance, in 1870, wheat costed 60% more in Liverpool than in Chicago, but it had been reduced to 15% by 1913 (*Pre-World War I Economy: Production and Trade*). Contrary to such a result of modernization, however, was the old-fashioned economic system. Although Britain had finished industrialization, and so had most of the European countries, lands were still held in some great landlords who owned most of treasure and powers (*Pre-World War I Economy: Production and Trade*). The globalization endangered their benefits; they could no longer earn enough money from trading. Except for these landlords, normal farmers also perceived pressure. Now with the help of trains and engine ships, cottons and wheat from America could easily reach Europe, so German farmers who lived on selling them had to compete not only with their Russian neighborhood, but also the distant nation they might have never heard of (*Pre-World War I Economy: Production and Trade*). The competitive markets would of course result in poverty, bankruptcy, and furthermore, class struggle.

A more extreme of class imbalance would be provided by a professor, who argued that he was underpaid. At that time, his salariy was 2,000 dollars per month, almost 4 times as much as average GDP of a normal worker! He said that "We must pay $25 a month for even a passable servant" and "add to that $10 a month for laundry, for the regular, servants will do no laundry work" "$1 a month for haircuts, and $2 a month for a gardener". He knew that "Already, on personal services alone, we are up to $445 a year—roughly the average level of GDP per worker in 1900" (*Pre-World War I Economy: Production and Trade*). But he regarded this as a necessity. Max might call this the essence and weakness of capitalism, but whatever it was, it had become a timing bomb.

Even to those who were too rich to worry about money, like royal members and government leaders, they had other things to worry about, for their neighborhoods were always not as safe as they looked like. Those countries owning a lot of overseas colonies, such as Britain and France, enjoyed local mines and resources, so the flooding-in gold and silver triggered inflation—which might result in financial crisis (Goetzmann, Li, Rouwenhorst, 1—38). Fortunately, they had colonies, on which they could spend their spare money. Moreover, the products from colonies were always cheaper than those made in the mother land due to the low cost—colonies had too many free laborers waiting to be hired (Goetzmann, Li, Rouwenhorst, 1—38). Therefore, colonies played such a key role to the stability of their motherlands, so important that when Germany, the rising star, intended to explore its own colonies under the control of existing powers, its action completely broke the fragile balance among European countries, and literally alarmed Britain, France, and Russia.

There were, of course, more causes that might not be exhausted, and people standing from different viewpoints might have different answers to this open question. BBC even proposed a statement that had Austria attacked Serbia immediately instead of waiting for the end of harvesting season, Russia would have not been determined to support its ally, and WWI would have been avoided (*How Close Did the World Come To Peace in* 1914?). Nevertheless, history does not allow assumptions, and the loss in the war was always memorable and worth moaning.

## Works Cited

1. Fay Bradshaw Sidney, *New Light on the Origins of the World War I. Berlin and Vienna, to July* 29, *The American Historical Review*, Vol. 25, No. 4, Oxford University Press, Oxford, 1920, Jstor, 2014

{date database was accessed}<www. jstor. org>

2. Goetzmann N. William, Li Lingfeng, Rouwenhorst Geert, K. , *Long-Term Global Market Correlations*, *The Journal of Business*, Vol. 78, No. 1, The University of Chicago Press, Chicago, 2005, Jstor, 2014 {date database was accessed} < www. jstor. org>

3. *How Close Did the World Come To Peace in 1914*, BBC, 2014 {date databae was accessed} <www. bbc. co. uk>

4. *Pre-World War I Economy*: *Production and Trade*, Delong, 2014 {date database was accessed} <Delong. typepad. com>

## *The Way to the Pearl Harbor*
## 珍珠港之旅

It was a beautiful morning with a placid sun shining in the sky, and the American navy base located at the Pearl Harbor was taking a bath of warm winter sunshine. Soldiers, after one week's training, were enjoying their weekend. None of them realized that death was approaching.

Similar scenes can always be seen in movies, novels or dramas related to the Japan's sneaky attack of the Pearl Harbor, after which the US officially declared war against Japan. The US and Japan had kept conflicting for long, and the situation was tense, and some scholars even argued that the war was, after all, inevitable. However given the actual technology gap between them, both

Japan and the US should have realized that such a gambling of war was only disastrous to Japan. So why would Japan rather take this bold decision than stay where they were, focusing on the invasion of China, from which they indeed had gained great benefits? There were three reasons that led to this turning point of Japanese history: the existing tension between these two countries in question, the resources Japan urgently demanded for the continuation of its war, and the influence the United States objectively had within Japan's so-called Order Sphere.

The tension between Japan and the US was not a fresh topic. Ironically, thanks to Perry's invasion, Japan would firstly open its eyes and look at the world, but unequal treaties were there, so Japan had to take more efforts to get rid of them. The resentments against the US might have rooted since then, but as Japan grew to be an international power, Japan followed the steps of Western countries closely, such a mood was not fully expressed.

Nonetheless, the honeymoon did not last long. As a victor in WWI, Japan required that the cities in Shantung, China, which Germany used to occupy, should now be handed over to Japan. Hearing this news, Wilson, the then president of the United States publicly announced his refusal by saying "We gave them what they should not have." (Buchanan) Only two years later, Japan claimed "The 21 Demands for China", which, if practiced, would further weaken the authority of Chinese government that was supported by the US. The US believed the credo of "open door", or equal trade with Chinese government (*The Road to Pearl Harbor: The United States and East Asia, 1915—1941*); it helped China to launch a temporary period of prosperity that was ended up in 1930s because of the invasion by Japan. Since America had influence in China before, the interfering from Japan would of course not be tolerated. Washington further developed its vigilance in 1931, when Japan flagrantly invaded Chinese Manchuria. In the League of Nations, Japan received violent protest from international society that was "shocked" by the invasion (Buchanan). As a response to these pressures, Japan stubbornly seceded from the League of Nation, which shocked the world even more. Since then, the tensions might have not been able to be alleviated.

Despite the existing doubts between the US and Japan, there was a more immediate threat for Japan to deal with—the shortage of resources. Insulated on islands, Japan never stopped seeking "living spaces" just like Germany did, especially during wartime (*The Road to Pearl Harbor: The United States and East Asia, 1915—1941*). The storage of oil, iron, and steel was rapidly drained as tons of resources were wasted in battlefields every day; thus, to maintain the resource supply, new mines must be found. Japan finally found the opportunity after France was capitulated by Germany in 1940. Unable to control its vast colonies, France quickly lost its colonies in South-eastern Asia to Japan, who took Indochina in 1940 tempted by abundant oil storage beneath its land (Buchanan). At the same time, Japan was seriously immersed in the warfare against China after extending the war to a full scale; so troublesome was the situation that Japan blamed to American assassination (*The Road to Pearl Harbor: The United States and East Asia, 1915—1941*). The occupation and the prosecution made Americans furious. An embargo of oil was enforced upon Japan. Although FDR (Fanklin D. Roosevelt) had been aware of the aftermath of such a strict sanction and warned his Cabinet that an embargo meant war, and that the cornered dog had to bite for staying alive, his warning did not work, and embargo was passed by the Congress (Buchanan). The logic was quite of simplicity by itself: Japan then was heavily dependent on American fuel. Now that the embargo had been exercised, there was no looking back for Japan; they would either win the crucial oil by themselves, or sit and wait for death. All in all, after the embargo, the war could hardly be avoided.

There is still one more question remaining: why the Pearl Harbor? There were many American colonies scattering in Pacific, most of which were more easily reached by Japan than the Pearl Harbor was, and their locations were of more importance for Japan. Philippine, for instance, guarded the South China Sea, in the way to other South Asian countries and Australia; The US did not have many armies there at that time, and the only armies were not so experienced, either (*Pearl Harbor History*). Compared to the Pearl Harbor, Philippine was obviously an easier target, so why did Japan not attack there? The answer was that they learned lessons from their partner Germany. Germany seemed to be invincible at the beginning of war, and its victories should mainly attribute to the usage of the successful tactic known as "the lightening war". Japan was worried about the powerful navy the US owned, so Japan's only chance in beating the US rested on crushing its navy quickly and unpredictably, and after that, Japan knew that Philippine and other countries were not problems (*The Road to Pearl Harbor: The United States and East Asia, 1915—1941*). Prior to the attack, FDR might have perceived the danger lurking under the mask of peace, as he suddenly ordered fleets to move from San Diego of California to the Pearl Harbor, to strengthen the defensive force of Pacific (*Increasing Tensions between the United States and Japan*), but his plan sequentially triggered the war in Pacific Ocean and led the US to the war.

It was worth mentioning that even in such a tight situation, there were some voices in Japan, represented by Prime Minister Konoye, stating that there should be peace between the US and Japan, and that it was wise to settle the argument, at least temporarily, until Japan successfully conquered and digested China (Buchanan). This might be a correct strategy, and if it worked, China might be completely extinguished and now Chinese might still be living under ruthless reign of Japan; if it worked, Japan might have got opportunities to invade America with full attention. Nonetheless, surmises are surmises, the casualty should always be heavy, and the bloody glory of war should never be honored, no matter what the motive is, and whom the soldiers are fighting for.

## Works Cited

1. Buchanan, J. Patrick, *Why Did Japan Attack Us?*, 2001, The American Cause, 2014 {date database was accessed} <www. americancause. org>
2. *Increasing Tensions between the United States and Japan*, The Pacific War, 2014 {date database was accessed} <www. pacificwar. org. au>
3. *Pearl Harbor History*, Pearl Harbor, 2014 {date database was accessed} <www. pearlharbor. org>
4. *The Road to Pearl Harbor: The United States and East Asia, 1915—1941*, Edsitement, 2014 {date database was accessed} <www. edsitement. neh. gov>

# 后　记

这是一本记录我零碎生活片段的书，太琐碎了——琐碎得甚至当我看到有些文章的时候，都不记得自己曾经写过它们，也找不出写下它们时的我和现在的我到底有什么交集。可能大家也会有这样的感觉，有一天听到有人绘声绘色地描述当日某件事情的场景，我们才真正感觉到，我们自己已经变了。

可是这种改变的推手到底来自哪里呢？很多人会归咎于或归功于周边的环境。大家会说，多亏了谁谁谁，幸好如何如何，或者要不是那天怎样怎样，好像这样听起来会让自己和听者都得到安慰似的。

但是总会有些事情留在每个人的脑海里，它们也许是甜蜜的，也许是悲伤的，也许是令人愤怒的，更多的则不能用一个词语去概括，这样，“五味杂陈”这个词语就被发明了出来，所有无法言语的情绪全都用这一个词语概括了。

但我想说的是，好多事情本身就是言语所无法概括的。比如，雨后泥土是什么味道呢？或者盛夏时候在麦田边树荫下发呆又是什么味道呢？这样的记忆只能储藏在自己内心的深处，想要表达的话，只能哀叹自己词汇的捉襟见肘。

即使每个人都在变化着，不论变好或者变差，他们内心总有些事情是不变的。

但是我又想说，正是这些不变的事情改变了我们。

普希金曾经写道：“一切都是瞬息，一切都将过去，而那过去了的，就会成为亲切的怀恋。”

当我作为一个旁观者，在美国参加第一届属于师兄师姐的毕业典礼时，在被六月的阳光同泪水浸润了过后，我听见我的数学老师说，以后他们记住的将不再是谁的分数更高，谁的大学更好，而是谁陪他们走过最艰难的日子，谁见证他们的第一次演讲，第一次爬树，第一次率足球队拿到赛区冠军，因为他自己正是如此。

这些记忆在我数学老师的脑海里静静地躺了50年，可是他讲起来时仍然眉飞色舞。我相信每年毕业他都会拿出这些记忆重温一遍，每次都有不一样的感受。作为约翰·霍普金斯大学的毕业生，他“屈尊”在一所中学当老师，实在是让人难以想象，但我们是不是用自己的衡量标准去度量他人了呢？对他而言，每天都很快乐，而他也孜孜不倦地用自己的记忆改变着这个世界，再让这个改变了的世界来改变他自己。

所以请珍惜身边的一切，更请相信不管世界变成什么样，你总能找到一些继续坚持下去的理由。

二零一四年八月于美国